DE VERLORENEN

Kim Echlin

De verlorenen

Vertaald door Inge de Heer

2009

DE BEZIGE BIJ

AMSTERDAM

Het citaat 'Vals van hart, scherp van oor, moorddadig
van hand' op bladzijde 213 is afkomstig uit *King Lear* van
William Shakespeare en vertaald door Willy Courteaux
(William Shakespeare, *Verzameld werk*, Amsterdam/
Antwerpen: Meulenhoff/Manteau, 2007).

Copyright Nederlandse vertaling © 2009 Inge de Heer
Published by arrangement with Penguin Group (Canada) through
Caroline van Gelderen Literary Agency
Oorspronkelijke titel *The Disappeared*
Oorspronkelijke uitgever Penguin Group (Canada), 2009
Omslagontwerp Ingrid Paulson
Omslagbelettering Studio Jan de Boer
Omslagillustratie Art Wolfe/Getty Images
Foto auteur Janet Bailey
Vormgeving binnenwerk Adriaan de Jonge
Druk Koninklijke Wöhrmann, Zutphen
ISBN 978 90 234 5166 2
NUR 302

www.debezigebij.nl

*Met het jaar Zero brak een tijdperk aan waarin er in het
uiterste geval
geen gezinnen meer zouden zijn,
geen gevoelens, geen uitingen van liefde of verdriet,
geen medicijnen, geen ziekenhuizen,
geen scholen, geen boeken, geen wetenschap,
geen vakanties, geen muziek:
alleen nog arbeid en de dood.*

– NEW INTERNATIONALIST

Voor de vrouw op de markt

Zegt het voort.
—VANN NATH

Montreal

Mau was een kleine man met een litteken op zijn linkerwang. Ik koos hem op de Russische markt, uit een drom
chauffeurs met smekende ogen. Ze bereden een fiets, tuktuk, riksja of brommer. Een paar hadden een auto. Ze dron-
gen zich aan me op, probeerden mijn aandacht te trekken,
me van de groep te scheiden.

Het licht in Mau's ogen was een speldenprik door zwart
papier. Hij schatte en rekende. Ik koos hem omdat de anderen achteruitweken toen hij naar voren stapte. Ik zei tegen
hem dat het vele avonden in beslag zou kunnen nemen. Ik
zei dat ik alle nachtclubs van Phnom Penh langs moest. Het
licht van zijn ogen wrong zich in dat van de mijne. Toen ik
hem vertelde waar ik mee bezig was, verwijdde en vernauw-
de de speldenprik zich in een flits van medeleven. Toen
noemde hij zijn prijs, die hoog was, en zei: ik kan u helpen,
borng srei.

Botten wurmen zich naar de oppervlakte. Er is dertig jaar
verstreken sinds die dag op de markt in Phnom Penh, en nog
steeds hoor ik je zingende stem. Ik heb je in oud-Montreal
leren kennen, op de avond dat ik naar L'air du Temps kwam
om Buddy Guy 'I Can't Quit the Blues' te horen zingen. Ik
was zestien. De zaal stond blauw van de rook, ronde tafels
en houten stoelen waren op een kluitje bij het kleine podium
neergezet. Het was Halloween. Charlotte en haar vriendinnen waren niet verkleed, maar ik greep de gelegenheid aan
om mijn leeftijd te verhullen met een glanzend, rood oogmasker, dat rond de slapen versierd was met gele en paarse
veren. Ik had lang, loshangend krulhaar en ik droeg een
strakke, zwarte coltrui met een ribbelpatroon, mijn wijdste

spijkerbroek en leren laarzen. Zodra we voorbij de portier waren trok ik mijn masker af, en ik zag dat je naar me keek. Voor de pauze rolde ik aan één stuk door sjekkies die ik aan de meisjes uitdeelde, luisterend naar Buddy Guy, die met hoog opgetrokken wenkbrauwen en open mond smekend de blues zong: eerst 'Stone Crazy' en 'No Lie', en daarna met dichtgeknepen ogen over liefde van lelijke meisjes en liefde waarom gebedeld wordt, terwijl ik telkens een blik opzij wierp om te zien of je nog wel naar me keek.

Ik ontweek jouw donkerbruine ogen niet. In de pauze stond je op, en met een stoel boven je hoofd liep je door de menigte naar me toe. Je was slank en pezig, je droeg een wit T-shirt en een vale spijkerbroek, en je zwarte haar was samengebonden in je nek. Je leren jack was versleten en je sportschoenen waren afgetrapt. Je kwam met de stoel boven je hoofd naast me staan, boog opzij om een dienblad door te laten, en zei tegen de meisjes aan mijn tafeltje: Mag ik bij jullie komen zitten? Ik heb mijn eigen stoel meegenomen.

De meisjes keken elkaar aan en iemand zei ja, en je wurmde je stoel naast me, met de rug tegen de tafel. Charlotte zei: Jij speelt in No Exit, ik heb je zien optreden in de kroeg. Hoe heet je?

Serey.

Ze schonken uit de kan een glas bier voor je in en je sprak ons met je zachte stem toe. Je zei: Wat studeren jullie? Toen je je naar mij toe draaide, moest ik zeggen: Ik zit nog op de middelbare school.

Charlotte zei: Ik ben haar privélerares Latijn. Ze heet Anne Greves. Je vroeg: Is Latijn moeilijk? Een meisje tegenover je aan tafel vond je leuk en zei: Ik studeer Latijn. Je zei dat je bijles wiskunde gaf op de universiteit. Je zei dat je hen er weleens had gezien, maar mij niet.

Charlotte zei: Haar vader doceert daar en ze wil niet gezien worden.

14

Je glimlachte opnieuw – er ontbrak een halvemaanvormig stukje aan je voortand – en je zei: Cool, met een merkwaardig accent dat een mengeling was van Québecs, Engels en iets wat ik niet kon thuisbrengen.

Het licht in de zaal werd gedimd. Je boog je naar me toe en fluisterde: Ik wil je haar aanraken.

Ik zei geen nee of ja, maar ik voelde de warme druk van je handpalm op mijn schedel. Daarna liet je je ellebogen op de rug van je stoel rusten.

Je sprak met die mengeling van belangstelling en afwezigheid die ik van mannen kende. Je opgewonden ogen schoten heen en weer tussen het tafeltje waar je vandaan kwam, het podium, en mij. Je wilde weten wie er naar je keek. Je wilde naar Buddy Guy kijken en naar de trompetten en gitaren vooraan op het podium. Je wilde naar mij kijken.

Jaren later zei je: Ik herinner me dat ik toekeek hoe je met één hand sjekkies rolde, geen moment stilzat terwijl de meisjes aan je tafeltje praatten. Je leek zo vrij. Ik herinner me het licht in je haar.

Het was een tijd waarin jonge mensen uit alle windstreken in volkswagenbusjes door de bergen van Afghanistan reden en chantten in Indiase ashrams. Maar jongens als jij waren geen hippies, vredesactivisten of backpackers; jongens uit de koloniën zoals jij waren van oudsher naar het buitenland gestuurd om te studeren. Je was zes jaar weggeweest, je had geleerd je in drie talen thuis te voelen, was vertrouwd geworden met de omgangsvormen en eigenaardigheden van het Westen. Je was geschoold in wiskunde en rockmuziek. Je wist alles van functies en verhoudingen, en de muzikanten met wie je bevriend was zongen tegen de oorlog en hielden love-ins voor de vrede. Het was een tijd waarin jonge mensen gcloofden dat de wereld grenzeloos kon zijn, zoals muziek. Heel naïef allemaal, achteraf gezien. Je was vijf jaar ouder en sprak een taal die ik nog nooit had gehoord. En verder was er dat dierlijke gevoel, de geur van je leren jack, de siddering in mijn buik, de stem van Buddy Guy en je adem tegen mijn oor.

Jaren later zei je: Weet je nog hoe schokkend het was in die tijd, een Aziatische jongen met een blank meisje, of een zwarte met een blanke, of een Franstalige met een Engelstalige, terwijl we allemaal net deden of alles kon? Ik had nog nooit een blank meisje durven meevragen tot ik jou leerde kennen, die avond in L'air du Temps.

Buddy Guy kwam na de pauze op in een groen colbert dat hij al spelende uittrok. Terwijl hij met zijn linkerhand de snaren hamerde, neertrok en opduwde, schudde hij zijn rechterarm uit de mouw, en terwijl hij met zijn rechterhand tokkelde en plukte, liet hij de linkermouw van zijn arm glijden. Zijn colbert viel op de grond en hij grijnsde naar ons toen we voor zijn gekheid klapten. Zijn moeder was dat jaar gestorven en hij zei dat hij ter ere van haar op een polkadot-gitaar zou gaan spelen, maar dat hij die nog niet had. Hij speelde muziek die hij ooit elders had gehoord, trompetten en violen, en brouwde met een snufje van dit en een snufje van dat een stoofpot uit New Orleans, als eerbetoon aan Muddy, B.B. en Junior. Daarna ging hij over op zijn eigen werk. Hij zong over een wanhopige smeekbede in 'One Room Country Shack' en over ongeduldige liefde in 'Just Playing My Axe'. Met zijn brede, innemende glimlach zong hij 'Mary Had a Little Lamb', daarna ging het over vragen om een stuiver van een engel en over vreemde gevoelens en gebroken harten en, hoofdschuddend, over vrouwen die hij niet kon behagen, terwijl we allemaal wisten dat hij wie dan ook kon behagen, en wat mij betrof werd het nooit meer licht in de zaal. Je legde je gespierde arm om mijn schouder,

trok me naar je toe en vroeg o zo zachtjes: Mag ik je thuisbrengen? Aan de rand van de zaal waren wat mensen aan
het dansen, en je nam mijn hand en trok me overeind om
mee te doen. Je kon wel met je heupen draaien maar je bewoog je handen op een manier die niet thuishoorde bij rock-
'n-roll of de blues: aan het eind van elke maat boog je ele-
gant je pols iets naar achteren.

Charlotte en de meisjes aan mijn tafel trokken hun jas
aan, hingen hun tas over hun schouder en lieten met een
rukje hun lange haar hun warme kraag uit zwiepen, als
overhemden die aan een waslijn wapperen. Ik zei: Tot ziens.

We liepen in de kille herfstlucht over keienstraatjes naar
het noorden. Je zei: Heb je zin om naar een optreden van
mijn band te komen?

Misschien, zei ik. Waar kom je vandaan?

Cambodja.

Er kwamen lachende Halloweenvierders langs, die in
Québecs Frans naar elkaar riepen terwijl ze uitgedost in
zwarte capes, duivelsmaskers en engelenvleugels door het
donker renden. Cambodja? Ik trok mijn oogmasker af.

Je raakte de veren aan en zei: Anne Greves, het bevalt me
hier. Het is hier zo onvoorstelbaar vrij.

Die eerste wandeling naar huis wist ik het eigenlijk al.

Voor mijn vaders appartement aan l'Avenue du Parc
draaide ik me naar je toe en trok je de schaduw onder de ij-
zeren trap in. Je drukte je lippen op de mijne en ik herinner
me je ogen door de gaten in mijn masker en je hand die mijn
schedel raakte. Je trok me tegen je aan en ik voelde de eerste
streling van je vingers op mijn gezicht. Achter het tralie-
werk op de trap bespeurde ik de beweging van een buurjon-
gen met zijn Halloweenmandje, die in de schaduw met grote ogen naar ons stond te kijken, sabbelend op een snoepje.
Ik keek hem aan en zei: Jean Michel, *pourquoi tu n'es pas*

au lit? Ik keek weer naar jou en zei: *O malheureux mortels!*
O terre déplorable! Je lachte, liet me los en zei: Ik wil dat de
hele wereld het ziet, en je stak je hand uit alsof je de jongen
zijn snoep wilde afpakken. Toen gingen we bij het kind op
de trap zitten en je haalde een stukje touw uit je jaszak en
deed hem een trucje voor. Daar zaten we, een kind, een bal-
ling, en een bijna-vrouw, samen in het donker. Ik hoor je
stem nóg Buddy Guys 'I Found a True Love' zingen, en ik
weet nog goed hoe we daar die avond zaten, kijkend naar
de wolken die voor de maan langs dreven.

2

Papa was een lange, stevige man met dik haar en een verlegen glimlach die zijn gedrevenheid maskeerde. Toen ik klein was bezochten we samen een protestantse kerk. Volgens mij was hij niet gelovig, maar ik denk dat hij dat wel had willen zijn. Hij had de gewoonte om de kerkbank in te glijden, zijn ogen dicht te doen, zijn hoofd te buigen, en met de duim en middelvinger van zijn rechterhand zijn neusrug vast te houden. Als ik hem in die bidhouding gadesloeg, zag ik een zich blootgevende, kwetsbare man die bij zijn god probeerde te zijn. Aan de muur van de kinderkamer in het souterrain hing een uit een tijdschrift gescheurde foto van een lange Christus met vriendelijke ogen die tegenover twee schapen en een ezel staat, met zijn armen om twee kinderen heen geslagen. Deze Christus had enigszins kromme schouders, en net zo'n verlegen glimlach als papa.

Ik heb me er ooit bij papa over beklaagd dat ik geen moeder had. Hij zei: Sommige dingen kunnen we niet veranderen. Wat je uiteindelijk leert is: opstaan, blijven proberen, dan vind je je weg.

Ik hoorde hem aan en hunkerde nog steeds naar tederheid. Ik wilde dat hij zei: Ik help je wel. Maar dat deed hij niet. Hij zei: Beschouw jezelf als een solitair, een unieke edelsteen in de kroon van de koning, de steen der wijzen.

Waarom kan ik niet de edelsteen in mijn eigen kroon zijn? vroeg ik.

Toen lachte hij zijn bulderende, Deense lach. Ik amuseerde hem wanneer ik me gedroeg zoals hij – vastberaden, koppig – en ik was nooit bang om vrij te zijn, iets wat ik toeschreef aan het vroegtijdig overlijden van mijn moeder. Ze was een van mijn vaders studenten geweest. Hij was vijftien jaar ouder dan zij en ik was het product van hun namiddag-passie. Als op een ijskoude middag in Montreal onverbiddelijk het licht uitdooft, wil dat vreemden weleens naar elkaar toe drijven. Mijn moeder gaf haar studie op om mij groot te brengen, maar toen ik twee was werd haar auto op een spekgladde snelweg vermorzeld door een truck. Papa nam een Frans-Canadese huishoudster in dienst, Berthe Gagnon, om voor mij te zorgen. Berthe was goedlachs, keek me liefdevol aan en vulde de leegte die mijn moeder had achtergelaten. Er is me verteld dat ik na korte tijd mijn moeder niet meer miste. Maar mijn vader miste haar wel. Hij gaf niet om een huiselijk leven. Berthe ging naar de ouderavonden van mijn school, bracht me naar koorrepetities en keek toe bij mijn sportwedstrijden.

Papa had geen tijd voor spel. Hij was in armoede opgegroeid, hard werkend en ambitieus, als enige zoon van een geïmmigreerde Deense visser, die op een van de zandbanken voor Newfoundland omkwam toen papa nog een jongetje was.

Mijn vader zei graag: De oorlog gaf een arme knul zoals ik de kans zich te ontwikkelen.

Hij was gereedschap- en stempelmaker en moest smeken om bij de marine te mogen, want men had in Canada zelf zijn vaardigheden nodig. Toen het hem eindelijk was gelukt in dienst te gaan, was de oorlog voorbij. Maar hij bofte. Hij verruilde zijn uniform met de mooie gouden knopen en geheven ankers voor een veteranenopleiding. Hij studeerde techniek en specialiseerde zich in prothetische geneeskunde.

Ik vond het niet vreemd dat hij zelden thuis was. De meeste vaders die ik kende waren in die naoorlogse jaren van opbouw niet vaak thuis. Papa hield er graag een vaste dagindeling op na: 's ochtends in het lab, 's middags lesgeven, 's avonds lezen. Mijn moeder en hij zijn maar twee jaar samen geweest. Ik stel me weleens voor hoe ze als pasgetrouwd stel waren, allebei nog steeds erop gericht de ander te behagen. Ik stel me voor hoe ze hem bekoorde met haar jeugd en *joie*. Na haar dood las papa me 's avonds voor als hij op tijd thuis was, en elke zomer ging hij een week met me vissen. Hij leerde me de namen van alle botten in het menselijk lichaam, totdat ik ze kon opzeggen. Hij liet me Latijnse verbuigingen uit het hoofd leren: *amo, amas, amat*, en het Onzevader in het Latijn: *pater noster, qui es in caelis*. Hij zei dat kennis van het Latijn blijk gaf van een ontwikkelde geest. Ik leerde de gebeden, maar niet bidden. Ik leerde 'ik hou van jou' te zeggen in een taal die mijn vader dood noemde.

Als hij me voorlas, keek hij weleens naar de zwart-witfoto van mijn moeder op mijn nachtkastje. De jonge vrouw is in zacht licht gefotografeerd. Ze heeft een baby – mij – in haar armen en we kijken elkaar diep in de ogen. Papa's stem stierf dan weg, en ik leerde te wachten tot zijn aandacht zich weer van de foto naar de bladzijde verplaatste. Ik denk dat ik op die manier begon te lezen: ik bestudeerde de woorden in een opengeslagen boek en wachtte tot het ontbrekende werd aangevuld.

Ik kan me mijn moeder niet goed herinneren. Er is een foto waarop papa en zij op de berg achter een sneeuwpop staan. Hij heeft zijn armen om haar middel geslagen; haar ogen lachen en om haar volle, geopende lippen ligt een brede, uitgelaten glimlach. Hoewel het koud is draagt ze geen muts. Haar haar is los, lang en verwaaid. Ik heb haar haar: krullend en met goudblonde strepen. Ik herinner me wél dat ik op mijn rug in de woonkamer lag en de geur rook van warme katoen onder haar strijkijzer in de keuken. Ik herinner me ook een zwart gat in de kille aarde. Ik herinner me een geurige lelie in mijn hand met onnatuurlijk wasachtige, witte bloemblaadjes; 'tranen van Eva', noemde iemand die. Ik moest de bloem op de kist gooien. Ik weet nog dat ik naar beneden keek en bang was voor de diepte en de harde lijnen van de gekerfde aarde.

Eén ding is zeker: de tijd heelt lang niet alle wonden.

Ik herinner me fragmenten, bewegende lichtvlekken op een wintermuur.

Berthe nam me een keer mee naar een optreden van Etta James in de bluesclub aan St. Laurent, op een avond dat mijn vader niet thuis was. Ze zei: Ze kunnen niet zien dat ik je mee naar binnen neem, en als we eenmaal binnen zijn, ken ik *le gars*, van hem mag je vast wel blijven. *Alors, mon p'tit chou*, ik smokkel je mee tussen mijn boodschappen.

Ik trok haar tweewielig boodschappenkarretje met de aan het frame bevestigde geruite tas. Een paar straten van de club vandaan hielp ze me de tas in, waarna ze een theedoek over mijn hoofd legde en me twee trappen op en de deur door liet hobbelen.

Etta had een blond afrokapsel, een hartvormig gezicht en reusachtige, aangezette zwarte wenkbrauwen, en toen ze zong wist ik zeker dat ze diep in mijn ogen keek. Ze zong over blinde meisjes en haar lippen waren droevig en tegelijkertijd sluw. Ik wist dat ze net als ik van diep uit haar binnenste huilde, *ai, ai, ai, ai*, toen ik haar hoorde praatzingen over verraad en heroïsche zoektochten naar liefde, en ik liet me wegzinken in de warmte van Berthes schoot, haar om me heen geslagen armen, en de houtachtige geur van harszeep op haar huid. Die avond begreep ik waarom er als eerste geluid op de wereld was, nog vóór licht of water.

Berthe was op zeer jonge leeftijd al uit werken gestuurd, als dienstmeisje in een Engelssprekend huishouden in Westmount. Onder het schoonmaken bekeek ze hun kunstwerken en luisterde ze naar hun muziek. Dat was meer waard dan het beetje geld dat ik daar kreeg, vertelde ze me, dat ik Engels leerde en naar Ray Charles en Robert Johnson luisterde.

Na afloop van mijn schooldag op de Miss Edgar's and Miss Cramp's-school lagen Berthe en ik vaak samen op de grond de foto's te bekijken op de hoezen van haar elpees, en te luisteren naar de met krassen overdekte deltablues uit Mississippi, en de verlangende, peilloos diepe stem van Etta, die biddend zingend 'Tell Mama' en 'Sunday Kind of Love' ten gehore bracht.

Mijn vader ontsloeg Berthe toen ik dertien was, omdat hij vond dat ik haar niet meer nodig had. Ze had dit voorzien, en toen ze vertrok kon ik voor mezelf koken en zelf de was en mijn huiswerk doen. Na school maakte het zwakke winterzonlicht plaats voor vroege duisternis in ons eenzame appartement. Ik zat vaak met een groot donsdekbed om me heen te lezen onder één lamp met een geschilferde kap, de maansverduistering van de kamer. Ik probeerde de aandacht van mijn vader te trekken door mijn ontembare haar nog woester te laten worden, uiterst strakke spijkerbroeken te dragen, het slimste meisje van de klas te zijn. Ik kocht een ziekenfondsbrilletje dat mijn gezichtsvermogen er beter noch slechter op maakte. Ik maakte hem wijs dat ik bij vriendinnen langsging terwijl ik stiekem bluesclubs binnensloop, tot de eigenaar van een kleine, sjofele club in het noordelijke deel van de stad me tegenhield toen ik naar binnen probeerde te glippen om Willie Dixon 'I Ain't Superstitious' te horen zingen. De portier bracht me naar het kantoor van de manager en die belde mijn vader om te zeggen dat hij me moest komen ophalen. Mijn vader parkeerde de auto en liep langs drugsdealers, hoeren en bluesfans naar het kantoortje, waar ik gesigneerde foto's van muzikanten stond te bestuderen, die in goedkope houten lijsten aan de muur van de manager hingen. Tijdens de rit naar huis zei ik tegen mijn vader dat ik het niet eerlijk vond dat ik er niet binnen mocht: ik ging er al jaren met de metro heen, luisterde al jaren naar blues. Mijn vader gaf een neutraal knikje zonder zijn ogen van de weg te halen en zei: Het duurt nu niet lang meer.

Ik wilde dat hij zei: Ik neem je wel mee. Je kunt samen met mij naar muziek luisteren.

Hij huurde Charlotte in, een van zijn studentes, om me Latijnse les te geven, en het toeval, een handje geholpen door mijn vader, wilde dat ze van blues hield, en vanaf dat moment nam zij me mee. Ik was een ontsnapte groengele parkiet die door een zwerm mussen werd beschermd. Als we in de rij stonden voor een club namen Charlotte en haar vriendinnen me in hun midden, om dit gevaarlijk bontgevederde wezentje dat hun was opgedrongen te verbergen. En heel lang vond ik het niet onbevredigend om zo op te groeien.

3

De winter dat ik je leerde kennen was de sneeuw altijd blauw. Je kwam me in de schemering op je oude Harley afhalen, aan het eind van mijn saaie schooldag. De meisjes op school spraken alleen Engels en mochten 's avonds nooit met me mee naar huis. Het waren betuttelde meisjes, die me uitnodigden in het weekend bij hen te komen logeren omdat ik hun sigaretten gaf en over de clubs vertelde. Ik draaide platen van Etta en B.B. voor hen in hun fleurig gestoffeerde slaapkamer met hemelbed en planken vol poppen en porselein. Hun ouders gingen op zondag met ons brunchen in het Ritz-hotel. Maar nadat ik jou had leren kennen, hunkerde ik naar het einde van de schooldag, naar het moment dat ik jou zou zien, zoals je daar in je versleten leren jack leunend tegen je motor stond uit te kijken naar mij. Ik was altijd als eerste de deur uit en ik genoot van de jaloerse ogen van de meisjes in mijn rug.

Ik sprong op je motor en sloeg mijn armen om je middel, en dan reden we naar The Yellow Door, waar we naar folkmuziek luisterden, koffiedronken uit dikke mokken, ik mijn boeken opensloeg om huiswerk te maken en jij wiskundeopdrachten nakeek. Op een avond maakte het achterwiel van je motor een schuiver over een ijzelplek. Hij klapte om en ik viel eraf en kwam op mijn linkerschouder terecht. Jij sprong weg, kwam op beide benen neer, en hielp me snel overeind. Daarna trok je de motor recht, en we duwden hem samen naar de kant van de weg, waar we ons als een stel puppy's uitschudden. Ons lijf was zo licht. We konden door wat dan ook de lucht in gesmeten worden, van elkaar afgepakt worden: een ijzelplek, een beetje pech. We stapten die glibberige avond weer op de motor en bleven maar rijden, de berg op om naar de lichtjes van de stad te kijken, naar de rivier om de schepen te zien.

Wat we met elkaar hadden was zo eenvoudig. Ik weet nog dat ik dacht: ik voel me zo wakker.

Ik kwam laat thuis en mijn vader zei: De school heeft gebeld. Ze zeggen dat hij je nu elke dag ophaalt. Hij is te oud voor je.

Ik haalde mijn schouders op. Welnee. Jongens van mijn leeftijd *m'ennuyent*. U vindt het nooit erg als ik met Charlotte meega. Die is ook ouder dan ik.

Je privélerares, zei hij. Dat is iets anders.

O, zei ik. Omdat u haar gekozen hebt?

Mijn vader bestudeerde me even. Zijn baard was grijs geworden. Hij wendde zich af en zei: Heb je mijn bril ergens gezien? Hij stond op uit zijn leesstoel en liep naar de keukentafel.

Ik zei: Hij zit op uw hoofd.

Hij hief zijn rechterhand om de bril weer op zijn neus te zetten en ik zag zijn dierbare verlegen glimlach. Hij ging weer in zijn stoel zitten, keek me over de halve glazen aan, en zei: Je woont nog steeds onder dit dak. Je hebt te luisteren naar wat ik zeg.

Toen ik klein was ging mijn vader nooit met me in discussie. Hij zei meestal afwezig: Vraag het maar aan Berthe. Maar toen ik op een keer niet naar bed wilde, zei hij: Goed dan. Kom maar bij me zitten. Dan laat ik je zien hoeveel botten er in een voet zitten.

Ik weet nog hoe teder hij die avond was, terwijl hij met zijn sterke vingers de contouren volgde van de spieren en botten in mijn kleine voetje, en ik naar het zachte ontzag in zijn stem luisterde. Hij zei: Niemand heeft ooit de menselijke tred kunnen kopiëren. Het enige wat we kunnen is iemand overeind houden, meer niet.

Mijn vader voorzag niet wat er van me zou worden als gevolg van een leven met zo'n gedreven mens. Mijn vader, mijn liefste, bleef altijd geloven dat hij van het ene op het andere moment alles kon verliezen, de vloek van jarenlange armoede. Ik liep het gevaar afgeleid te worden van mijn opleiding, niet in het leven te zullen slagen, niet met een goede partij te trouwen. Volgens mij geloofde hij dat zolang hij maar flink zijn best deed, ik als een mechanische ledemaat kon worden gevormd. Mijn opstandigheid op mijn zestiende joeg hem angst aan.

Ik zei: Hij is niet te oud voor me. U kent me niet eens.

Hij zei: Zo wens ik niet toegesproken te worden. Sinds wanneer ben jij zo wreed? Ga naar je kamer. Uit mijn ogen.

Ik had geen moeder tot wie ik me kon wenden, en wat ik van haar had geleerd was dat je haast moest maken. Wat ik van mijn moeder leerde was dat degenen van wie we houden plotseling en op onverklaarbare wijze kunnen verdwijnen. En dan is er niets meer.

4

Je was zo cool in je witte T-shirt, terwijl je Engels en Frans sprak met de leden van je band. Jij speelde leadgitaar en er waren drie anderen, drummer Luc en twee broers uit Westmount, Ray op basgitaar en Mark op Hammond-orgel. Jullie speelden covers van Santana en The Beatles, met een scheutje Junior Wells en Buddy Guy. Ik zat bij de uitgang en zag hoe de meisjes in de zaal naar jou keken. Toen een jongen vroeg of ik wilde dansen, schudde ik mijn hoofd, maar Charlotte zei: Ik wel, en ze zweefde met hem weg. Jij wiegde en streelde de snaren van die goedkope gitaar en ik stelde me voor dat ik in je armen lag. In de pauze kwam je het podium af om bij mij te gaan zitten, en ik genoot ervan dat de ogen van de zaal nu ook op mij gericht waren. Je droeg een zwarte spijkerbroek en je lichaam was een en al gebalde energie, en je vond het opwindend om met mij gezien te worden. Voordat je na de pauze terugging bracht je je lippen naar mijn haar en zei: Ik ga iets voor jou spelen.

Op het podium wikkelde je een tweesnarige Khmer-gitaar met een lange hals uit een felgekleurde lap stof. Je nam in kleermakerszit op een bankje plaats en legde de ronde klankkast van het instrument op je schoot. Je keek de menigte aan en grapte: Ik ben een van de ongeveer zeventien Khmers in Montreal. Het publiek grinnikte om je spottende glimlachje. Je liet de microfoon naar de snaren zakken, en zei: Maar jullie zitten met mij opgescheept. Dit heet een *chapei*, en we gaan een liedje spelen van Sin Sisamouth, getiteld: 'Don't Let My Girlfriend Tickle Me'. Je speelde een korte, lieflijke melodie, waarbij het harde eelt op de beide vingers van je linkerhand de snaren boven de fretten indrukte en losliet en over de snaren heen gleed, en je rechterhand zich losjes strekte om de noten te tokkelen. Toen speelde de band twintig funky elektronische beats van gitaar, chapei en orgel en zong je een theatrale rock-'n-rollsong afkomstig uit de *dance crazes* en psychedelische rock die je in Phnom Penh had achtergelaten. Je gezicht plooide zich soepel om de Khmer-woorden en je stem gleed in een vijftoonsladder, terwijl je met je lijf een eenvoudig rockritme aangaf en er een show van maakte.

Je was iets nieuws, een charismatische Aziatische man met een jonge blanke vriendin, en je zong met de kalme overgave van de vreemdeling. Jonge vrouwen voelden zich aangetrokken tot de treurigheid en glorie van je ballingschap, en Charlotte fluisterde me toe: Zie je die man daar? Dat is een dienstweigeraar. Hij is ondersteboven van je nieuwe vriend. Alle ogen in de zaal waren op je gericht. Ik wilde ook een exotisch verleden. Je speelde je eigen versie van 'Black Magic Woman', half Engels, half Khmer, en toen legde je je chapei neer, klapte in je handen om het publiek in beweging te krijgen en zei: Nu volgt 'Lady Named No', en met een ijle falsetstem zong je in het Khmer zowel de partij van de man als die van de vrouw. Niemand wist wat de woorden betekenden, maar allemaal konden we in je plagerige stem een parodiëring van vragen en weigeren horen. Iedereen danste en wiegde mee en vond je geweldig. Tegen het einde van het optreden zei je: Nu volgt een bluesnummer dat ik in het Khmer heb geschreven, getiteld 'Sugarcane Baby'. De tekst luidt ongeveer als volgt: ik kan geen genoeg krijgen van je zoetheid, liefje, ik ben een jongen die aan één stuk door suikerriet pelt en erop sabbelt.

Er werd gelachen en je wist dat je charmant klonk als je Khmer sprak en blues-Engels met een Frans accent, en je keek het publiek in, naar mij, en zei: *Je le joue pour* Visna, die hier vanavond is.

Je pakte je chapei en zonder de overdrijving van daarnet

zong je met brekende stem een lieflijke ballad. Het was een liedje over liefde en voor het eerst hoorde ik de woorden *oan samlanh*. Na afloop zei Charlotte: Ik moet me haasten. Volgens mij vindt hij je leuk.

Dit was nieuw, een man die zijn gevoelens voor me in een song verpakte.

De mensen verdwenen de stadsavond in en lieten hun stoelen schots en scheef achter bij tafeltjes die naar bier roken. Ik wachtte op je in de deuropening en ademde de kille, schone lucht in. Er stonden nog een paar meisjes te wachten terwijl de bandleden hun instrumenten wegborgen, snoeren oprolden en luidsprekers ontkoppelden. Ik ging opzettelijk ergens staan waar het licht van een straatlantaarn door mijn haar zou schijnen, en toen je met je chapei en je gitaar in je handen naar me toe kwam was je nog steeds opgewonden van je optreden. Je zette de gitaar neer en met de chapei nog in je hand sloeg je van achteren je armen om me heen en vroeg: Vond je je liedje mooi?

Ik zei: Wie is Visna?

Visna betekent: mijn lot. Het is een slaapliedje dat mijn moeder vroeger voor me zong, maar ik heb er voor jou een nieuwe tekst bij verzonnen.

Ik heb nooit het gevoel gehad dat het verschil in afkomst, de taal of de wet ons in de weg stond. Het was een en al dierlijke gevoelens en muziek. Jij was mijn kruisiging, mijn marteling en wedergeboorte. Ik hield van je donkerbruine ogen en van het teder vragende van je zingende stem.

Nadat je me die avond onder aan de trap had achtergelaten, rende ik naar boven, de voordeur door. Ik wilde de betovering van jou niet verbreken, maar papa riep me vanuit zijn bed. Je gaat te veel met hem om. Laat hem zondagmiddag maar komen kennismaken.

Ik gaf geen antwoord. Men beschouwt liefde niet graag

als een kruisiging, maar nu, dertig jaar later, weet ik dat als iemand sterk genoeg is voor liefde, er niets minder dan wedergeboorte zal worden geëist.

We liepen voorbij de hoofdingang naar de artiesteningang aan rue St. François-Xavier, en de manager lachte toen hij ons samen zag en zei: Nou, jullie hebben elkaar gevonden. Hij bood ons een joint aan en we bleven daar samen staan, uitkijkend op het trottoir. Ik zie het pokdalige, bleke gezicht van de manager nóg voor me, en zijn vingernagels vol nicotinevlekken. Hij zei tegen jou: Ik heb naar de chapeimuziek geluisterd die je me hebt gegeven. Dat is blues, man. Neem een van die kerels eens mee, dan mag hij van mij hier optreden.

Binnen zaten er twee oude mannen in de hal, en we wurmden ons langs hen en vonden een tafeltje vlak bij het podium. Magere, bh-loze studentes bliezen rook in de naar verschaald bier ruikende lucht, en de zaal liep vol. Men was die avond opgewonden, vol verwachting. Het zaallicht werd gedimd en twee spotlights vormden een ijle halo boven twee houten stoelen. Een oude man liep van achter uit de zaal langs verspreid staande tafeltjes naar het podium. Een tweede oude man schuifelde achter hem aan, terwijl hij de slippen van zijn overhemd vasthield. Je zei eerbiedig: Daar zijn ze.

De twee oude mannen bij de deur.

De ene was bijna blind, de andere lam. Ik keek toe hoe ze zich installeerden, zilveren microfoons afstelden, op elkaar mopperden; de een pakte een gitaar op, de ander een mondharmonica, en met het bonk bonk bonk van een harde schoen op de houten vloer, lucht door metaal en hout, vingers op gestemde snaren en een stem die zingend uitriep: *Whoo ee, whoo ee*, veranderden de twee oude, stramme mannen in de vaardige, welbespraakte bluesgoden die ze waren. Ze speelden voor hun aanbidders en stalen en braken alle harten in die zaal, en toonden me dat ik geen ogen nodig had om te zien hoe het er in het leven aan toegaat.

Mijn schouder raakte de jouwe, getransformeerd als ik was door wat ik die avond hoorde: syncopes, spetterende klanken en loopjes, gekeuvel, gescherts en geschimp tussen linker- en rechterhand, tussen snaren en harmonica, bulderend gelach en liefdesgekreun. Ik hoorde dingen die ik toen nog niet kende, maar later wel: verhalen over vernederingen, vechtpartijen, verleidingen, uit de hand gelopen avonden, vrouwen die om mannen huilen, verloren en eenzame mannen, muziek groots als een epos, voortgekomen uit seks, aframmelingen door de politie en de stank van verschaald bier in donkere kroegen, ver weg van de kerken in de stad.

We verlieten de club na middernacht en het liefhebbende gekibbel van Sonny en Brownie op het podium had een beeld in me doen ontluiken van wat er gebeurt wanneer mensen het dertig jaar met elkaar uithouden; vriendschappelijk gemopper, aparte auto's, aparte bedden in aparte kamers, maar op het podium zitten ze kletsend te zingen, stampen hun voeten op dezelfde planken en horen hun oren dezelfde ritmes.

Je zei: Ik wil nog niet naar huis.

We reden op je motor naar de grote rivier. Sterren, water en nacht. Langs de oever, in duisternis gehuld. Je voerde me mee over een steiger waar boten in smalle aanlegplaatsen afgemeerd waren, en we sprongen op het dek van een sloep die Rosalind heette. Je haalde een sleuteltje uit de zak van je spijkerbroek en deed de kajuitdeur van het slot. Ik liep achter je aan drie treden af naar een piepkleine kombuis, en je trok een kastdeur open en haalde er een doos met drijfkaarsen uit. Je zei: In mijn vaderland is het *Sampeas Preah Khe*, de avond dat we tot de maan bidden. Mijn oma stak altijd honderd kaarsjes aan, die ze de zwarte rivier op liet drijven.

Waarom?

Om eer te betonen aan de rivier en aan Boeddha.

Je gaf me een luciferboekje en ik stak ze samen met je aan, een voor een. We lieten de negenennegentigste en honderdste samen te water en keken toe hoe het spoor van vlammetjes wegdreef. Je zei: Mijn oma heeft me verteld dat jonge mensen vroeger om liefde baden als ze dit deden.

In de kajuit keek ik door het gordijnloze raampje naar wolken die voor een zakkende maan langs dreven. Daarna draaide ik me naar je toe. Je kruiste je armen en trok je witte T-shirt over je hoofd. Ik herinner me de gespierde lijnen van je romp. Buiten: vleugels en poten met vliezen op het wateroppervlak, opstekende herfstwind en water dat tegen de scheepsromp klotste. Iedereen die langs de rivier liep zou honderd drijvende lichtjes hebben gezien, maar totaal geen licht uit de Rosalind hebben zien komen. Ik herinner me ingehouden adem, een gevoel dat geen enkele vrouw me ooit had bekend, en het gekreun van een man. Ik herinner me je ogen die zich geen moment van de mijne afwendden. Ik herinner me de ruwheid op mijn huid van de eeltige vingers van je linkerhand en ik herinner me hoe langzaam je alles deed. Het was begin november op een avond die je *Bon Om Touk* noemde. Ik had niet geweten dat er bloed zou zijn.

Na afloop glipten we naakt het dek op. We sprongen met een gilletje het ijskoude water in, kwamen lachend boven en hapten naar adem. Daarna sloegen we een oude deken om ons heen en toen ik rilde gaf je me mijn kleren, en je trok ook snel de jouwe aan. We wreven ons haar droog en je zei: Kijk.

Onze kaarsjes brandden nog steeds en dreven met de langzame stroming mee de duisternis in, waar de rivier in zee uitmondt.

Mijn lichaam tegen het jouwe aan gedrukt, mijn armen om je borst, een van je handen op de mijne, zo reden we die nacht naar huis, mijn wang rustend tegen je leren jack. Ik ging niet naar mijn eigen bed in het huis van mijn vader; ik ging met je mee naar je appartement aan Bleury Street. In de uren voordat het ochtend werd beminde ik je opnieuw in je warme gele kamer. Ik versmolt met je, staand, liggend, hart tegen hart, onze lijven gouden warmte en smeltende sneeuw. Heel die eerste nacht, de eerste nacht van het leven, volgden onze vingers als vleugeltjes het spoor van elkaars fluisteringen.

Waar komt dat litteken op je slaap vandaan? vroeg ik, terwijl ik met mijn lippen de kromming ervan volgde.

Ik ben in Sras Srang op een rots gevallen toen ik mijn broertje kikkers leerde vangen bij het meer. Zo is er ook een stukje van mijn tand afgebroken. Ik vind je manier van praten zo leuk. Zeg nog eens hoe je heet.

Degene die van me houdt heeft me Visna genoemd, zei ik. Vind je het een mooie naam, die mijn minnaar me heeft gegeven?

Ik hou van je met of zonder naam, Anne Greves.

Ik volgde de vorm van de tand waaraan het halvemaanvormige stukje ontbrak en fluisterde: Ik vind Serey mooi.

Het betekent 'vrijheid', zei je en je trok me weer naar je toe. Het betekent 'macht', 'schoonheid' en 'charme'. Vind je het een mooie naam, die mijn ouders voor me hebben gekozen?

Ik genoot van de stevigheid van je armen, maar ik duwde je stoeis weg en vroeg: Dat allemaal? Betekent het ook 'goede minnaar'?

Je keek me verbaasd aan en zei met je innemende glimlach: Volmaakte minnaar.

Je hebt weleens gezegd dat je vóór mij nog nooit door een vrouw was geplaagd.

34

Je was bemind en eerstgeborene, en ik hield zelfs van je arrogantie omdat ik je nu naakt en kwetsbaar had gezien. Ik hield van je zoals je op het podium was en ik hield van je als je naast me liep. Maar je was het meest waarachtig in bed. In de dageraad droomde ik over een minnaar wiens lichaam van alles wist wat zij niet wist. Ik was mijn stem kwijt en we waren in een restaurant genaamd The Courthouse en ik riep je maar je kon me niet horen. Mijn vader hield zich ergens aan de rand van de droom op. Je maakte me wakker, streek mijn haar glad en zei: Je roept me. Wees niet bang, oan samlanh, ik zal er altijd zijn.

De oceaan heeft maar één smaak, en dat is zout. Ik geloofde je lichaam, maar ik wist dat de woorden onwaar waren.

5

Wat heb je ter verontschuldiging aan te voeren?

Niets.

Niets?

Papa legde zijn boek neer en keek me aan. Toen zei hij zacht: Je moeder mocht graag mijn kleren dragen toen we elkaar net kenden.

Een meisje draagt de kleren van haar geliefde omdat ze van zijn geur houdt en ze draagt zijn kleren omdat ze probeert te begrijpen waarom ze zich zowel bevrijd als gebroken voelt. Waarom voelt ze zich compleet terwijl ze haar lichaam, geest en hart heeft weggegeven? Waarom is ze niet geneigd te ontsnappen? Ze wil haar geliefde ruiken op haar huid, en ze begrijpt niets van dit gevoel dat haar gevangenhoudt, bevrijdt. Ze vermoedt niet dat ze, als ze oud is, zich zal herinneren dat ze de kleren van haar geliefde heeft gedragen. Ze maakt zichzelf wijs dat haar gevoelens blijvend zijn. Maar ze heeft al in de wereld gezien dat dit niet zo is.

Toen ik me afwendde van papa om naar mijn kamer te gaan, om in alle rust aan je T-shirt te ruiken, zei hij merkwaardig genoeg: Hou je nog van me?

Natuurlijk, u bent mijn vader.

Luister dan naar me. Hij is niet geschikt voor je.

Papa deed zijn leesbril af, veegde de glazen schoon aan zijn mouw en zei: Je moeder liep niet achter de mannen aan, zette zichzelf niet zo te kijk. Onze buren kletsen. Je moeder slaagde erin om op een niet in het oog lopende manier haar zin te krijgen.

Ik antwoordde met intieme wreedheid: Zoals op de dag dat ze zwanger werd van haar docent en met haar studie ophield. Zoals op de dag dat ze haar baby achterliet, wegreed in een sneeuwbui en nooit meer terugkwam.

Ik wist dat mijn moeder in ieder geval één ding voor me zou hebben gewild, datgene waarnaar ze zelf verlangde: leven. De foto naast mijn bed was aan het veranderen, de tweeëntwintigjarige vrouw die haar baby diep in de ogen kijkt zag er niet langer teder uit, maar verstrikt. Ik wilde haar de jaren geven die ze was misgelopen. Ik kende de persoon die de foto had genomen; hij liet haar lange dagen alleen, hij zat lange avonden met zijn halve bril op te lezen, zonder zijn ogen op te slaan. Ik voelde hoe haar geest me aanspoorde: leef, leef voor mij, ga, leef, het kan elk ogenblik voorbij zijn, leef, wees vrij.

Mama, ik heb geleefd. Mijn enige dochter werd dood geboren. (Het heeft me dertig jaar gekost om me die elf lettergrepen eigen te maken.) Ik heb het geprobeerd. Zelfs na Cambodja. Mama, ik heb geprobeerd te leven.

6

Papa zat aan de keukentafel maar stond niet op toen jij binnenkwam. Je bleef staan wachten tot je een stoel werd aangeboden.

Papa zei: Wat studeer je?

Wiskunde. Ik geef bijles. Ik wil docent worden.

Bevalt het je hier?

Ik heb geen keus. Mijn land is dicht.

Je sloeg je arm om mijn middel.

Ik glipte weg, liep naar het aanrecht, zette de ketel op en bracht drie koppen naar de tafel.

Papa knikte naar een stoel: Ga je gang. Neem plaats.

Je zei tegen papa: Anne heeft me verteld dat u prothesen ontwerpt.

Ik ben docent bij de technische faculteit. We ontwikkelen momenteel een nieuw been, met een veer, zodat een jonge geamputeerde erop zou kunnen leren rennen.

Je had hem moeten vragen er meer over te vertellen. Je had naar hem moeten luisteren, hem moeten bewonderen. Dan zou hij hebben gepraat en blij zijn geweest, en je je leeftijd, je afkomst en je armoede hebben vergeven. Maar je zei: In mijn land hebben we benen nodig waar de mensen gewoon op kunnen lopen. In mijn land binden de mensen houten benen aan.

Papa zei: Wanneer ga je terug?

Je zei ongeduldig: Onze grenzen zijn dicht. Er mag niets in en niets uit. Niemand weet wanneer alles weer opengaat.

Papa keek je ernstig aan. Ja, daar heb ik over gelezen. Mijn vader was een immigrant. Hij is als visser platzak hiernaartoe gekomen.

Papa deed of ik er niet was en jij was stuurs, en heel even had ik een hekel aan jullie allebei.

Je zei: Ik ben geen immigrant. Ik leef in ballingschap. Ik heb er niet voor gekozen hier te wonen. Maar ik kan nergens anders heen. Mijn land is mijn huid.

Papa schoof zijn stoel naar achteren en zei: Een mens moet dankbaar zijn dat hij ergens kan wonen.

Hij stond op en zei met opgetrokken wenkbrauwen tegen mij: Ik heb nog wat werk liggen dat af moet.

En tegen jou met een kort knikje: Aangenaam.

Onze kopjes waren leeg en het water had nog niet gekookt.

Papa zei: Vergooi het nou niet allemaal. Hij zal hier nooit geaccepteerd worden. Sinds de dood van je moeder heb ik alles voor je gedaan. Je moet naar me luisteren.

Papa had je nog niet horen zingen. Hij was niet door je aangeraakt. Hij kende je tederheid niet.

Ik zei: Papa, hij geeft al les aan de universiteit.

Mijn vader zei: Als bijlesleraar! Hij laat je in de steek en gaat terug naar zijn vaderland. Van een man die het vertikt om dankbaar te zijn voor onderdak hoef je niets goeds te verwachten. Hij is te oud voor je. Trouwens, ongeacht wie hij is, je bent jezelf niet sinds je die jongen hebt leren kennen.

Ik zou die zelf ook nooit meer worden. Ik verdronk in je. Ik zou telkens naar je teruggaan. Dat niet doen was onmogelijk.

7

Na de eerste keer is er geen houden meer aan. Elke dag vonden we wel een gelegenheid om alleen te zijn achter de gesloten deur van Bleury Street. Je haalde me af van school en dan gingen we regelrecht naar je gele kamer. Je draaide cassettebandjes van Ros Sereysothea en Pan Ron en ik luisterde naar een chapeizanger die Kong Nai heette. Ik hoorde Khmer-rockabilly, -surf en -soul, tweesnarige en viersnarige gitaren, elektronische orgels van Farfisa, drumpartijen uit rocknummers en songteksten die ik niet begreep. Ik deed Cambodjaanse deuntjes neuriënd mijn huiswerk aan je keukentafel, onder de aan de muur geplakte foto van je familie, en at rijst met je. Ik bleef bij je slapen. Ik ging volstrekt mijn eigen gang en dreef mijn vader tot wanhoop. Hij vervloekte me en dreigde me in mijn kamer op te sluiten. Maar daar was het te laat voor, en toen hij uitgeraasd was, zei hij: Je bent koppig. Zelfs toen je klein was kon ik daar niets tegen beginnen. Het is stom van je om je leven te vergooien.

Maar zodra ze voor het eerst een minnaar heeft, begrijpt elk meisje dat er geen dochter is die haar vader níét verraadt, dat er alleen maar grote, donderende golven zijn van de ontluikende vrouw, golven die zich samenpakken, aanzwellen, breken en op de oever beuken. Ik keek toe hoe mijn lichaam zwol, schrijnde, vloeide en slonk zoals een zeeman het veranderende oppervlak van de golven bekijkt. Ik liet jou doen wat je wilde. Ik deed alles wat ik wilde en de vuile lakens van Bleury Street werden mijn wereld.

De zaterdag die ik me nu herinner lagen we op jouw bed, terwijl er buiten het raam sneeuwvlokjes neerdwarrelden bij schemerlicht. We vonden het fijn om in stilte te roken, de sigaret te delen, elkaar in de ogen te kijken en ons te verdiepen in onze geringe zelfkennis. Je kneep de overblijvende hitte voorzichtig tussen je duim en lange wijsvinger tot grijze as en liet die in een kopje vallen. Daarna legde je je lange benen languit op de bedrukte geel-paarse sprei van Indiase katoen en hief je je arm, zodat ik tegen je aan kon leunen. Samen keken we naar de sneeuw, die nu helderder en langzamer viel tegen de achtergrond van de donker wordende hemel, en ik zei: Ik denk dat ik mijn moeder kan ruiken, en jij zei zacht: Mijn moeder maakte altijd in bladeren verpakte kleverige rijst voor mij en mijn broer om mee te nemen als we op kikkerjacht gingen. We jaagden op ze aan de oever van het meer, in de buurt van de tempel bij Sras Srang. Mijn opa had me voorgedaan hoe je bladeren moest offeren wanneer de rivier van richting veranderde.

Ik zei lachend: Van richting veranderde?

De Tonle Sap stroomt zuidwaarts, maar als de sneeuw in het Himalaya-gebergte smelt, draait hij om en stroomt noordwaarts. Dan vieren we het rivierfeest, als hij van richting verandert. Dan houden we roeiwedstrijden en steken vuurwerk af.

En laten kaarsjes de rivier af drijven?

En kinderen gooien voetzoekers naar voorbijgangers.

Je glimlachte terwijl je in die donkere koker van de herinnering keek en zei: Mijn broer Sokha en ik hadden de gewoonte om aangestoken voetzoekers vanuit een boom naar liefdespaartjes te gooien.

Aan niemand kon worden gevraagd hoe de grenzen van een land dicht konden gaan. Je liet me de brieven zien die je alleen in je gele kamer had geschreven. Je stuurde ze naar het Rode Kruis in de vluchtelingenkampen langs de Thaise grens en naar de Hoge Commissie van de Verenigde Naties. We lazen *Year Zero* van een Franse priester genaamd Ponchaud. Hij beschreef hoe men ziekenhuisbedden voortduwde, hoe vrouwen bevielen in greppels, hoe een gehandicapte zonder handen of voeten zich als een doorgesneden worm kronkelend over de grond voortbewoog, om Phnom Penh maar uit te komen. Je gaf over in de wc en toen sloeg je het boek weer open bij het begin. Je las de hele nacht door, op zoek naar aanwijzingen over je familie. 's Ochtends zei je: Stel dat mijn familie dood is, stel dat ik nooit meer terug kan, wat dan? Toen we over St. Catherine liepen zwaaide je met je hand door de lucht en zei: Zouden de inwoners van Montreal geloven dat soldaten elk moment wie dan ook kunnen arresteren?

Ik vertelde je over de bommen die het beursgebouw hadden opengereten, over bommen in brievenbussen en het huis van de burgemeester, over ontvoerde mannen en een politicus die was gewurgd en zeven dagen lang in de achterbak van een auto had gelegen. Ik vertelde je dat de politie papa had gearresteerd zonder hem in staat van beschuldiging te stellen, enkel en alleen omdat hij aan de universiteit doceerde. Criminele terreur. Politieterreur. Het bevrijdingsfront van Québec. Mijn vader brieste: Zien ze dan niet waar geweld toe leidt? Tijdens zijn colleges zei hij tot zijn studenten: Geweld reduceert degene die eraan onderworpen wordt tot een ding. Mijn leraar op school zei: En wat doen we eraan, staan we toe dat de terroristen de touwtjes in handen nemen?

Zelfs hier, zei je.

Waarom zou het hier anders zijn?

We keken naar een voorbijrijdende calèche, de adem van het hijgende paard een witte wolk in de koude lucht. Je vroeg: Waarom werd je vader gearresteerd?

Ze beschuldigden hem ervan dat hij wist hoe hij bommen moest maken. Hij zei tegen de politie: Ik maak benen en armen voor mensen die hun ledematen kwijtraken als gevólg van bommen. Hij sprak niet eens Frans. Berthe bleef bij mij en ik was als de dood dat ik hem nooit meer zou zien, maar ze lieten hem na twee dagen gaan. Ik weet nog hoe bleek hij zag op de avond dat hij thuiskwam. Hij was niet boos meer. Hij hield me in zijn armen en fluisterde: Ik was zo bang.

We kochten de zondageditie van de *New York Times* en de *Nouvel Observateur*. We namen de kranten mee naar Schwartz. Voor de deur van de zaak zat een blinde man met misvormde benen op een stuk karton, zijn naar buiten ge- draaide voeten achter zich, als een kikker. Toen hij ons hoorde langslopen zei hij: Ik neem jullie mee naar Holly- wood, en je liet een munt op zijn plastic schotel vallen. Bin- nen aten we kwarktaart en dronken we koffie. De kranten berichtten over massaslachtingen in jouw land. Je liet je vin- ger over het krantenpapier glijden en zei: Dan weer schrij- ven ze 'miljoenen doden' en dan weer schrijven ze 'duizen- den'. Weten ze het niet? Hoe kunnen ze nog slapen, die lui die feitelijke informatie beweren te geven terwijl ze het ei- genlijk niet weten?

Op de kleine zwart-witfoto van je familie die met plakband bij de keukentafel is opgehangen, was jij zestien en je broer Sokha acht. Je was langer dan je vader, die een ouderwets brilletje droeg. Ik bestudeerde zijn krachtige kaaklijn en zag de kiem van jouw trots. Jij had een van je handen achter de rug van je moeder, maar alle anderen hadden hun handen stijfjes langs hun zij. Uit het open gezicht van je moeder sprak de eenzaamheid van een moeder van zonen. Je Vietnamese oma zat in het midden op een houten stoel, de voeten plat op de grond, alles in rechte hoeken, als een Egyptisch schilderij.

Je zei: Mak was veertien toen ze uitgehuwelijkt werd, en ze liep bij Pa's moeder weg. Maar Pa was echt verliefd, dus toen ze nog een keer wegliep ging hij haar achterna. Zo ontvluchtten ze samen beide families, en ze beloofden elkaar te gaan werken en op de een of andere manier een eigen huis te kopen, of zich anders in de Tonle Sap te verdrinken.

Waarom kijkt je broertje zo ernstig?

Je lachte en zei: Hij was die dag boos op me. Hij had me gevraagd of hij mocht meespelen in mijn band, maar ik had gezegd dat hij te jong was, dat hij onze kamer maar moest gaan opruimen; dán zou ik hem laten meedoen. Er werd van me verwacht dat ik vòor de foto mijn haar had laten knippen, omdat men daar zegt dat een man met lang haar iets te verbergen heeft. Vandaar dat ik het door een van de jongens uit de band liet knippen, en ik moest me haasten naar het huis van de fotograaf omdat ik te laat was. Ik struikelde en viel en haalde mijn hand open aan de scherpe rand van een slangenbeeldje bij het hek van de fotograaf. Het bloedde erg en ik bedekte de wond met een handdoek en liep de studio in. Mijn moeder gilde toen ze het bloed zag.

Ze deden er een verband omheen en de fotograaf zei dat ik mijn hand maar achter de rug van mijn moeder moest verbergen.

Je wreef met je vinger over een vuil geworden randje van de foto. Je zei: Sokha zal nu bijna veertien zijn. Oud genoeg om zijn eigen band op te richten. Daarna zei je: Toen ik vertrok stopte mijn moeder op het vliegveld deze foto in mijn zak, en ik lachte haar uit. Het is de enige foto van mijn familie die ik heb.

Vijf mensen staren stijfjes in de camera. Niemand glimlacht. De lange jongen heeft jouw ogen. De kleine jongen heeft een zweem van een rimpel tussen zijn wenkbrauwen en zijn ogen staan op onweer. De volwassenen zijn kalm. Jij keek me vanaf de foto aan en in je zwarte pupillen zag ik al de speldenprik van wanhoop van een overlevende.

Je stond abrupt op en zei: Kom, wij gaan ook op de foto.

We reden op je motor naar het treinstation en gingen de fotoautomaat in, waar we het zwarte gordijn dichttrokken, naar het zwarte glas glimlachten en op de flits wachtten. We zoenden elkaar en wachtten op de flits. We stonden met een streng gezicht ruggelings tegen elkaar aan en wachtten op de flits. Daarna stak je je handen in mijn haar en zei: Deze is voor mij. Er kwamen vier foto's uit het apparaat en je scheurde de strook in tweeën. Jij hield de laatste twee en ik de eerste twee. Je hing de jouwe met plakband aan de muur naast je bed en je pakte je gitaar en zong 'Hummingbird' voor me. Na afloop zei je: Ik heb een nieuwe song geleerd, en je zong 'Chelsea Hotel' met een spreekstem. Ik moest erom lachen, want bepaalde muziek klonk heel vreemd als jij die vertolkte.

Ik zei: Ik heb mezelf nooit ofte nimmer als klein beschouwd.

Jij zei geërgerd: Ik heb mezelf nooit beschouwd als iemand die niet kon zingen wat hij wilde.

Ik nam je handen in de mijne en dwong je me aan te kijken, en na geruime tijd zei je: Afgezien van je haar zie je er een beetje Aziatisch uit. Ik vind het leuk dat je voor je mening uitkomt en niet probeert me te behagen. Je geest is totaal niet Aziatisch.

9

Toen je opgroeide, vielen er bommen langs de hele Thaise grens. Talloze bommen.

Maar in Phnom Penh, zei je, probeerden we met het leven door te gaan alsof er geen oorlog bestond. Mijn vader huurde een chapeileraar voor me in, Acha Trei. Hij heeft me ooit meegenomen naar een uitvoering van de grote chapeispeler Kong Nai, die als kind blind was geworden als gevolg van waterpokken. Hij nam het bij die gelegenheid op tegen de eenogige chapeimeester Phirom Chea. Ze zongen rijmpjes en raadsels voor elkaar. Phirom Chea zong: *Twee dieren met dezelfde naam hebben drie koppen en negen poten.* Kong Nai zong terug: *Een olifant heeft vier poten en een waterolifant heeft vier poten en een mango die Olifantskop heet ligt op een schaal.*

Ik zei: Dat zijn nog steeds maar acht poten, en wat is een waterolifant?

De waterolifant is een nijlpaard en de schaal heeft een voetstuk.

Je zong in het Khmer, waarbij je twee stemmen nabootste. Ik deed alsof ik het begreep, maar het meeste ging aan me voorbij. Je legde je chapei neer en zei: Op mijn dertiende begon ik in mijn eentje door de stad te zwerven en toen ben ik bij mijn eerste band gegaan. Mijn beste vriend Tien zat in die band. Hij speelde elektronisch orgel. We luisterden naar alles wat de Amerikaanse soldaten meenamen naar Vietnam. Ik heb al heel lang niets meer van Tien gehoord.

Ik nam je chapei op schoot en tokkelde wat. Ik stelde me voor hoe je in Phnom Penh naar westerse rock-'n-roll had geluisterd, de geluiden en woorden had opgezogen die meegenomen waren door soldaten die niet veel ouder waren dan jij. Ik zei: Vreemd hè, dat mensen die met elkaar in oorlog zijn toch elkaars muziek draaien.

Je zei: Mijn oma nam me vaak mee naar een tempel om voor vrede te bidden. Ik was bang voor de apen daar. Ze slopen naar ons toe en graaiden naar de etensrestjes die mijn oma in een doek bij zich had. Dan sloeg ze naar de dieren, kneep in mijn hand en zei: Komt de vijand van voren, zorg dat hij voorbijgaat. Komt hij van achteren, zorg dat hij verdwijnt.

Je stak je hand uit, nam je chapei terug, speelde een paar noten en neuriede wat. Je zei: Maar nadat ik de muziek van de vijand was gaan spelen dacht ik: ik wil niet dat de vijand verdwijnt, ik wil me zijn muziek eigen maken. En zingend grapte je: De vijand zit in me en ik zit in hem.

We konden een heel weekend leven van vijf dollar. Er was altijd een zak rijst en verder haalden we verse vis uit Chinatown in huis, voor vijftig cent groente, en een paar sinaasappels. We wisten een café aan Crescent Street waar we op één kop koffie de hele middag konden zitten en we kwamen L'air du Temps binnen via de achteringang. Soms liepen we de berg op en hielden een sneeuwballengevecht bij Beaver Lake, en als onze vingertoppen dreigden te bevriezen, gingen we een kerk in. Ik hield het meest van het oratorium van de St. Joseph, met zijn duisternis, wierook en verborgen trappen.

Je stond versteld van de hoge, donkere muur van achtergelaten wandelstokken en krukken, en je zei: De Boeddha geloofde alleen in het wonder van onderricht.

We staken kaarsen aan, niet omdat we geloofden maar omdat we genoten van de rijen flikkerende lichtjes onder kruisen en iconen, en omdat we ervan genoten samen te zijn.

We drentelden buiten het oratorium naar het huisje waar de genezer Broeder André ooit op een hard, smal bed had geslapen. Door de glazen ruiten bestudeerden we zijn bruine pij die daar aan een haak hing. Je zei: In mijn geboorteland geeft men tijdens het Kathenfeest, aan het eind van het regenseizoen, de monniken nieuwe pijen. Ze leven drie maanden in afzondering, waarbij ze vasten en mediteren. Ze brengen de voorvaderen offers tot men hun eten en nieuwe pijen komt brengen. De monniken leven bijna van de lucht.

Net als wij, zei ik.

De donkere wintermiddagen van Montreal liepen uit in het
tere licht van een noordelijke lente, en de sneeuw smolt en
stroomde in lange stralen over de straten naar de rivier. Vanaf de top van de berg zag het smeltwater in de stad eruit als
een grote kroonluchter met slierten prisma's. Het eerste le-
verbloempje stak zijn kopje boven de grond en de eerste
grasmus tjilpte *oe ie ie ie ieee*. Je smeerde je motor en we reden door de kille lucht het Gatineau-park in, door precam-
brische rotspartijen en ijle naaldboombossen het oneindige
idee van het noorden in.

We hadden zeeën van tijd. Ik zou niet lang daarna de Miss
Edgar's and Miss Cramp's-school afmaken en naar de universiteit gaan, en ik zei: Misschien kom ik wel bij jou wonen, en jij zei: Ja.

Nadat we op de laatste zondag in maart langs de rivier
naar L'Assomption en terug waren gereden omdat een tank
benzine voor jouw Harley goedkoper was dan alle andere
dingen die we wilden doen, zat ik aan je keukentafel *The
Golden Notebook* te lezen. Van het fornuis kwam de warme, nootachtige geur van garende rijst en jij ontweide een
vis. Terwijl je het bloed van je lange vingers spoelde zei je:
Denk je dat mijn familie nog leeft?

Zonder op te kijken zei ik: Vast wel.

Kijk me aan.

Ik schrok van de scherpte in je zachte stem.

Denk je weleens aan wat er daar gebeurt?

Natuurlijk.

Ik had aan mijn boek gedacht en aan communisten en so-
cialisten in Londen, die samen werkten, samen sliepen en
samen kinderen kregen.

Volgens mij niet.

Je ging de keuken uit, liep de lange hal in en kwam terug met een vergeeld telegram. Je vouwde het open en las voor: 16 APRIL 1975, GRENZEN MISSCHIEN DICHT, KOM NIET TERUG TOT IK BEL. VADER.

Dit is hun laatste bericht, zei je. Vier jaar geleden. Weet je wat ik die dag deed? Ik probeerde te bellen en de telefonist zei dat er geen verbinding meer was met Cambodja. Ik ging naar het postkantoor om een telegram te sturen. Geen verbinding. Ik gaf de lokettiste een brief ter verzending en ze zei: Het spijt me. Er wordt daar niet meer bezorgd. Buiten gooide ik de brief toch in de brievenbus en vier dagen later kreeg ik hem terug met een stempel erop: onbestelbaar. Weet je hoe het voelt om een brief naar je familie te sturen en te lezen dat hij onbestelbaar is?

Je stond daar met het dunne velletje papier in je hand alsof je met een bezem weggeveegd kon worden. Ik deed mijn boek dicht, sloeg mijn armen om je heen en streek met mijn vinger langs je gehavende tand, en we stonden erbij als twee wezen in een bos. We lieten de rijst aanbranden en probeerden te vrijen, maar het lukte niet. Er was nooit iets zwaks aan je: je vingers waren hard, je dijen waren hard. Je huid was glad als zeeglas. Ik probeerde je te troosten, je op te winden, je af te leiden, maar die dag zei je terwijl je mijn haar streelde: Een mens leert zich van alles te verbeelden, oan samlanh.

Oan samlanh, mijn allerliefste. Je leerde me jou *borng samlanh* te noemen, want zo noemt een vrouw een man. Achter je innemende glimlach verschool zich je onwrikbare en verroeste angst. Toen je eindelijk in slaap was gevallen maakte ik me voorzichtig los uit je armen. Ik sloeg een deken om me heen, deed een klein lampje aan en las nog even door.

Bij jou zag ik de wereld scherper, alsof ik nieuwe lenzen

had ingedaan, de linker iets sterker dan de rechter, maar samen in staat om van vage randen strakke lijnen te maken. Er zijn momenten geweest dat ik alles liever niet zo scherp had gezien. Borng samlanh, ik wilde alles van je weten. Ik was jong en wist amper iets van mezelf.

12

In april zei je: Ik wil nooit bij je vandaan.

Toen wist ik dat je zou vertrekken.

Ares, wilde zwijnen en geploeg. Niemand had gedacht dat er zo'n stank onder schuilging.

Ik werd laat wakker en je was al op. Het zondagochtend-trottoir rook naar lente, smeltsneeuw, ontspruitend groen en uitlaatgassen. Ik rekte op de lakens mijn verzadigde lijf uit naar de zachte lucht, en je ging op de rand van het bed zitten en zei: Oan samlanh, de Vietnamezen zijn binnengevallen. De grens is hier en daar al open. Ik moet terug. Ik moet mijn familie vinden.

Ik ga mee.

Ik kan je niet meenemen. Je bent te jong.

(Je had me evengoed een klap kunnen geven.)

Te jong? Ik ben nooit te jong geweest voor alle andere dingen die je wilde doen. Ik ga mee.

Anne, dat kan niet. Er heeft daar een oorlog gewoed. Ik weet niet wat ik zal aantreffen.

Dat zien we dan samen wel.

Je kunt niet mee.

Ik kwam uit bed en schoot mijn kleren van de vorige avond aan. Ik duwde je handen weg, rende de steile trap af naar Bleury Street en liep de berg op. Ik ging bij het meer zitten en keek naar zondagse gezinnen, zondagse geliefden, zondagse eenlingen en smerige duiven. Ik probeerde me voor te stellen wie ik was zonder jou. Je had zoveel te doen, nietwaar? Maar je kon het niet allemaal op één zondag doen.

Je kwam me zoeken, en toen ik je de berg op zag komen, schudde ik mijn ziedende lijf af en wilde ik al niets anders meer dan je huid indrinken, je lange zwarte haar kammen en me om je smalle heupen heen slaan. Je blik was vastberaden maar nog wel smekend. Ik wilde dat de grenzen weer dichtgingen, zodat ik je terugkreeg. Ik wilde dat je stierf zodat ik niet hoefde te denken aan jou zonder mij. Ik wilde geld. Ik wilde ouder zijn. Ik wilde dat je je hele familie levend aantrof zodat ik bij je kon zijn. Ik wilde dat je je familie dood aantrof zodat je van mij zou zijn. Ik wilde dat alles nu veranderde, en dat alles altijd bij het oude bleef. Ik wilde alle opstandigheid tegen mijn lot uitwissen. Je was zout en zoet, alles wat mijn lichaam begeerde. Onder het heidense kabaal van het ons omringende, onophoudelijke gekoer van de duiven klonk de echo van mijn vaders woorden: hij gaat terug naar zijn vaderland. Ik wilde je alleen maar horen zeggen: Ik zal op je wachten. Ik zal je komen ophalen. Maar je zei: De grenzen zijn open. Ik moet gaan.

De oorlog eiste je op.

13

Op je ticket stond: Parijs. Phnom Penh. Ik wilde ook zo'n ticket.

We vreeën voor zonsopgang en gingen zwijgend het huis uit. Ik kon op het vliegveld mijn boosheid niet afschudden.

Waar logeer je?

Bij mijn ouders thuis, Phlauv 350. Ik schrijf je wel. Toen je me wilde vastpakken, duwde ik je weg. Je deed een stap naar achteren, keek op je horloge en zei: Ik ben bang voor wat ik zal aantreffen.

Wacht dan nog even, dan ga ik mee.

Niet zo koppig zijn, tijgertje. Laten we geen afscheid nemen zonder elkaar minstens een zoen te hebben gegeven.

Ik ben niet degene die afscheid neemt.

Je hield je chapei vast en ik stapte je armen in en je begroef je gezicht in mijn haar. Daarna liep je de brede glazen deuren door, en je draaide je nog één keer om om me vaarwel te zwaaien, en na heel lange tijd zag ik je vliegtuig wegtaxiën, een bocht maken, de startbaan af gaan en in de lucht verdwijnen. Ik keerde terug naar de lege stad en mijn vaders appartement. Ik voelde me blind en doof, en vanuit zijn leesstoel zei papa zonder op te kijken: Vertrokken?

Ik wachtte op je. De eerste week verwachtte ik dagelijks iets, de tweede week werd twee maanden, zes maanden, een jaar. Geen brief. Geen bericht. Ik stuurde brieven naar het adres van je ouders. Ik probeerde een telefoonnummer te achterhalen. Ik vierde mijn zeventiende verjaardag, en toen nog een, nog een, nog een en nog een. Het kon toch niet dat ik je had verloren? Het kon toch niet dat we in het grijze licht vlak voor zonsopgang hadden gevreeën en dat ik je daarna nooit meer zou zien?

Papa zei: Misschien denkt hij dat het zo makkelijker is.

Charlotte zei: Het is daar bar en boos geweest. Misschien heeft hij wat tijd nodig.

Berthe zei: Maak je geen zorgen, *mon p'tit chou*. Jullie vinden elkaar wel weer.

Ze hielp me aan een parttime baantje als bloemenverkoopster in The Parisian, een winkel aan St. Laurent. Nu had ik zelf geld. Ik ging naar de universiteit en studeerde taalkunde. Ik werd verleid door de vorm van woorden in mijn mond, en als ik ze op papier zette, waren ze rauw, gespierd en glanzend als een man die op het podium staat te spelen. Ik had behoefte aan herinnering en hoop, en aangezien ik die nergens anders kon vinden, zocht ik ze in de verbuiging van werkwoorden. Woorden slokten me op als een diepe rivier. Ik droomde over foutieve etymologieën. Ik droomde dat ik de oorsprong van de wereld ontdekte in de klank van het bijvoeglijk naamwoord *vraiment*. *Vrai* voor waarheid en *ment* van *mentir* voor leugen. Ik sloot vriendschappen in het vrouwencentrum, met vrouwen die over bevrijding en vrede spraken, vrouwen die seksspeeltjes en voorbehoedsmiddelen met elkaar uitwisselden. Ik mocht deze vrouwen graag en ik vond het heerlijk om onder de poster door te lopen die boven de deur van het vrouwencentrum hing: DE WAARHEID ZAL JE BEVRIJDEN, MAAR EERST PISNIJDIG MAKEN. Ik heb hun over jou verteld en ze zeiden: Hij heeft nooit geschreven? Zet hem uit je hoofd, voor hem tien anderen.

Maar een geheim uurtje van elke dag studeerde ik Khmer. De taal van de liefde. Een krullend schrift met geluidloze, verstopte r's, prachtig in balans gehouden tussen medeklinkers en klinkers die stuk voor stuk uit tweeklanken bestonden. Ik leerde de taal van je jeugd uitspreken en omhelsde je bij elk nieuw woord. Mijn leraar had een houten been. Hij heette Vithu en ik betaalde hem met mijn bloemengeld. Hij was er in het begin van de oorlog in geslaagd de grens over te vluchten, maar niet voordat hij op een landmijn was gestapt. Hij was een voorlijk kind geweest, een boerenzoon die in het klooster had leren lezen en schrijven. Hij leerde me woorden en hij leerde me converseren. Hij probeerde me bescheidenheid bij te brengen. Hij zei: Als iemand zegt dat je lekker kookt of de taal goed spreekt, moet je dat ontkennen en je ogen neerslaan. In Cambodja beweegt een deugdzame vrouw zich geruisloos voort.

Ik was dol op de volkswijsheid die men *chbap* noemt. Vithu leerde me: Laat een hongerige man nooit op de rijst passen, laat een boze man nooit de afwas doen. Hij leerde me van alles over *khmoc*, spoken, en over *pret* en *besach*, de duivelse geesten van mensen die een gewelddadige dood sterven, en over *arak*, boze vrouwelijke geesten, en *neak ta*, de geesten in stenen en bomen. In de loop der jaren werd ik er behoorlijk goed in, en toen ik op een dag mijn ogen opsloeg na een verhaal over een haas en een rechter te hebben voorgelezen, zag ik dat Vithu tranen in zijn ogen had. Ik legde mijn hand op de zijne en zei: Je mist je vaderland erg. Maar hij zei: Dat is het niet eens zozeer, Anne Greves; wat me eerder verdriet doet is dat de dingen die ik je heb geleerd nu ongetwijfeld uit mijn land verdwenen zijn.

Ik zei hem dat mijn vader een beter been voor hem kon maken, maar hij streek over het zijne en zei: Ik ben dit been al zo gewend. Op een dag vroeg hij me mijn favoriete Khmer-verhaal op te schrijven. Ik schreef over een koning uit de periode-Nokor Pearean Sei, wiens naam evenveel ontzag inboezemde als donderslagen van acht kanten. Zijn kleinzoon wilde zijn grootvader overtreffen en verwoestte alles wat zijn grootvader tot stand had gebracht: de koninklijke vestingen en tempels, kloosters en scholen. Toen de kleinzoon klaar was, leek het grootse rijk van zijn grootvader nooit te hebben bestaan.

Toen Vithu me zijn correcties liet zien, veegde hij met zijn hand over mijn opstel alsof ook dat een weggevaagd monument was, en hij zei: In het boeddhisme geloven we dat we onszelf in de ander kunnen zien. Ken je het verhaal van de haas in de maan? Voordat de Boeddha de Boeddha was, was hij een haas. Hij wilde wedergeboren worden als de Boeddha en daarom bood hij aan zijn leven te offeren voor eenieder die in nood verkeerde. Op een dag veranderde een tevada-engel zichzelf in een uitgehongerde jager om de haas op de proef te stellen. Hij zei: Ik heb zo'n honger. Als ik niet gauw iets eet, ga ik dood. De haas zei: ik zal mijn leven offeren om je te helpen. Leg een vuur aan, dan zal ik erin springen en mezelf voor je braden. De jager stemde daarmee in en legde een laaiend vuur aan. De haas sprong in de vlammen maar bleef ongedeerd. Toen voerde de tevada de haas mee naar de maan en tekende daar zijn portret, opdat iedereen altijd herinnerd zou worden aan de onzelfzuchtige goedheid van de Boeddha.

Na afloop zei Vithu: Mijn zus heette Channary. Dat betekent 'een meisje met een gezicht als de maan'.

Waar is je zus nu?

Verdwenen, zei hij.

Toen ik op een dag door Bleury Street liep, zag ik dat er een kartonnen bordje met het opschrift TE HUUR voor het raam van je oude appartement was geplakt. Ik belde de huisbaas op en zei: Ik neem het.

Sinds jou hadden er door de jaren heen allerlei andere huurders in gezeten. Ik rende de lange, donkere trap op, deed de deur open en drentelde door de grote kamers. Ik rook in de kasten, ging op het balkon zitten, liep heen en weer in de keuken en bleef staan in de slaapkamer waar ik keer op keer naar 'Sugarcane Baby' had geluisterd. Alle kamers waren geschilderd. Er doken hier en daar wat beelden en geesten op, maar niet de jouwe. Ik rook Goudse kaas en hoorde het gelach van zes studentes die plannen maakten voor een feest, en ik voelde de aanwezigheid van een jongen die zich met het weer bezighield. Ik verplaatste mijn bed naar jouw oude kamer aan de straatkant, en verfde die weer geel.

Ik werd zonder meer beïnvloed door de vrijheden van die tijd, de muziek, de drugs en het separatisme. Soms werd op de onstuimige dansfeesten in Laval nog steeds 'Lady Marmalade' van Patti Labelle gedraaid. Ik nam minnaars. Als ik bij Berthe langsging zei ze teder: Geniet van deze tijd, het leven is kort, *mon chou*. Ik zag hoe de stad op een onbeholpen manier Algerijnen, Zuid-Afrikanen, Perzen, Koreanen, Chinezen, Senegalezen en Haïtianen in zich opnam. Ik zocht de plekken op waar Frans-Canadezen, de kinderen van Europese immigranten en de rijke, Engelstalige bewoners van Westmount zelden naartoe gingen. In Le Bar Port au Prince danste ik in een menigte van warme lijven op reggae, disco en Haïtiaanse muziek. Op een avond nam ik een vrolijke jongen mee naar huis die me aan het lachen maakte toen hij vertelde wat de titel moest worden van het boek dat hij schreef: *Hoe bedrijft men de liefde met een neger zonder moe te worden*. In de keuken in Bleury Street dansten we opnieuw. We stonden rammelend van de honger op van de linoleumvloer, maakten stevige milkshakes en toast en probeerden daarna het bed. Het was zondagochtend, het werd zondagmiddag, en in de schemering waarmee de derde dag aanbrak zei hij dat hij over zijn oma in de hooglanden van Haïti wilde schrijven. Nadat hij was vertrokken heb ik hem nooit meer gezien en dat vond ik niet erg. Verlangend naar jou, borng samlanh, heb ik geleerd dat we, als we geluk hebben, één keer in ons leven degene ontmoeten die ons leert hoe zelfs de wispelturige Eros eeuwige liefde kan vrijlaten.

En toen, elf jaar na je vertrek, deed ik op een avond de tv aan en flakkerde voor mijn ogen het vlammetje op. Ik schoof mijn stoel naar het scherm toe. Australische rugzaktoeristen namen de trein naar Phnom Penh om een herdenkingsdag bij te wonen, de Dag van Verbondenheid door Woede. De Vietnamezen waren bezig zich terug te trekken en de Verenigde Naties stelden een overgangsregering samen. Ik had oorlog, landmijnslachtoffers, de holle wanhoop van honger en stapels schedels op het nieuws gezien, maar nog nooit beelden van een opkrabbelend Cambodja. Ik zag een huilende, in het wit geklede vrouw door een microfoon een grote menigte toespreken op de binnenplaats van een school die als vernietigingscentrum was gebruikt. Ze was mager en had een natte zakdoek in haar hand. Haar nasale stem schraapte over de geheven gezichten van de luisterende mensen. Ze riep de namen af van haar ouders, haar man, haar kinderen, haar broers en zussen, die haar een voor een ontnomen waren. Tranen stroomden over haar gezicht, diepe lijnen werden dieper tussen haar wenkbrauwen.

Toen ze even zweeg om langs de brokken in haar keel adem te halen, bedekte ze haar gezicht met een witte zakdoek die droop van de tranen en het zweet.

Aanschouw droefenis.

Woorden en huilen één geluid. Ze bedekte haar mond met ontstelde gratie, wiegend met haar bovenlichaam, en haar lange vingers golfden als graanhalmen. Ze zong:

Is er nog verdriet dat ik niet ken?
Land, man en kinderen verloren.
Is er verdriet dat ik niet ken?

Het ene na het andere gezicht wendde zich af, ogen werden neergeslagen, tranen vloeiden. Een andere jonge vrouw nam de microfoon over en uit haar keel kwam een lied dat zinderde van haat. Haar ogen waren vlammend zwart. Ze was bloed en weefsel waar alle liefde uit was gezogen. Ze zong: *Moeder, wat hebben ze je hier aangedaan?*

De monniken zeggen: *Mean ruup mean druk* – bij een lichaam hoort lijden.

Ik zag jou.

De camera gleed over de menigte en ik wist zeker dat ik jou daarin zag.

Mijn verlangen leek in deze stad van beroofden geen minnaarswaanzin. Iedereen in die menigte had verdriet. Niets leek dwaas bij het verlamde verdriet van die menigte.

Het bloed hoopte zich op achter mijn ogen tijdens de kortstondige blindheid die me altijd overviel als ik naar je foto keek. Ik wist zeker dat ik je in levenden lijve in die menigte had gezien en ik kon niet langer veinzen. Ik zette de tv uit. Ik pakte spullen in. Ik borg de foto van mijn moeder op. Ik zegde de huur in Bleury Street en mijn universiteitsbaan op en vroeg een paspoort aan. Ik haalde een visum. Op zondagavond vertelde ik papa dat ik over twee dagen zou vertrekken, en hij schudde zijn hoofd. Hij zei: Je hebt al tien jaar niets van hem gehoord. Je dénkt dat je hem op tv hebt gezien. Je zegt nog vóór het eind van het semester je baan op? Wel verdomme. Waarom kun je niet wachten?

We zaten zwijgend bij elkaar. Het eten smaakte naar stof. Hij legde zijn vork neer en zei: Je vergooit je leven.

Ik zei: Ik wilde niet weggaan zonder afscheid te nemen.

Hij staarde zwijgend naar de tafel. Na geruime tijd keek hij me aan alsof ik een geest was. Het is jouw leven. Je moeder was net zo. Zij gaf ook alles op.

Hij stak zijn arm uit om mijn wang te strelen en zei alsof hij tegen zichzelf sprak: Als je hem vindt, zie ik je misschien nooit meer.

Ik lachte, ruimde de tafel af en zei: Doe niet zo dramatisch, papa.

Maar hij hield vol: Er zijn dingen die jij niet weet.

15

Ik haalde mijn geld van de bank en kocht een vliegticket. Naar Parijs. Naar Phnom Penh. We kwamen na zonsopgang aan en ik liet me door een taxi van Pochentong Airport over de snelweg naar de stad brengen. Ik herinner me de hitte. De daken, allerlei tinten blauw en groen, golfplaat, dik plastic en rode dakpannen. Gouden torenspitsen van het paleis bij de rivier en de elegante rondingen van de *wat*, de tempel, op de heuvel van Phnom Penh, boven de wirwar van markten, appartementen, hutten en dieren. Langs de weg waren onder paraplu's en zonneschermen stalletjes opgericht, waar men eten kookte in dampende pannen en zoete drankjes verkocht uit oranje-witte koelboxen. Blootsvoetse vrouwen droegen hun baby in een van voren en van achteren vastgebonden draagdoek en waakten over starende, op hun vingers sabbelende peuters met blote billen. De taxi kronkelde steeds dieper de smaller wordende straten in, reed naar de rivier door stadswijken met geronde gebouwen die aan Parijs deden denken, passeerde de straatmarkten in het centrum en kwam ten slotte in een wijk met appartementen waarvan de bovenste verdiepingen koele, ruime terrassen hadden. De chauffeur stopte voor het huis van jouw familie, Phlauv 350, en ik stapte uit en gaf hem te veel Amerikaanse dollars. Ik bleef even op straat staan en voelde de hitte en mijn hart kloppen. Ik vroeg me af of jij zou opendoen.

Ik klopte aan. Een jonge vrouw met een baby op haar arm opende de deur op een kier, en ik stortte in. Ze zei beslist: Nee. Nee, hij woont hier niet. Dat gezin heeft hier nooit gewoond. Toen ze mijn gezicht zag, zei ze vriendelijk: Misschien hebben ze hier vroeger gewoond. Ik geloof dat ik hun naam weleens heb gehoord.

Ze deed de deur dicht en uitgeput van de lange vlucht, van de hitte van Phnom Penh, dacht ik: wat heb ik gedaan?

Voor het huis van de buren zat een oude vrouw gehurkt op het trottoir. Ik liep naar haar toe en vroeg: Hebt u het gezin gekend dat hier vroeger heeft gewoond?

Ze zei: Je spreekt goed Khmer.

Niet zo goed, zei ik, maar ik had wel een goede leraar. Kent u het gezin dat hier heeft gewoond?

De huid rond haar linkerooghoek verstrakte en het oog trilde. Ze zei: Er waren twee broers; ze speelden met mijn kinderen. Verdwenen, ze zijn allemaal verdwenen.

Ik ging naast haar in de deuropening zitten. Ik noemde haar *Yay*, het woord voor oma.

Ik ben op zoek naar de oudste broer. Hebt u hem nog weleens gezien? Ik weet zeker dat hij hiernaartoe gekomen is.

Ze bestudeerde mijn ogen en zei: Hij kwam hier vroeger vaak, maar ik heb hem al jaren niet gezien. Niemand is teruggekomen.

Ze liet haar blik over de door geesten bevolkte straat glijden en zei: Ik heb tijdens Pol Pot mijn hele familie verloren.

Ik wist niet wat ik moest zeggen. Binnen, achter de luiken, huilde een baby. Ik vroeg: Wat kan ik doen?

Ze antwoordde: Ik wil alleen maar dat je het weet.

Ik kom u weer opzoeken, Yay. Als ik hem vind zal ik hem zeggen dat ik u heb leren kennen.

Haar hals trilde. Ja, zeg hem dat je Chan hebt gesproken. Ik zal er zijn.

Dat was mijn eerste dag in Phnom Penh, de dag dat ik Mau leerde kennen.

Phnom Penh

16

Toen Mau naar voren stapte weken de anderen achteruit. Hij luisterde, schatte en rekende terwijl ik hem vertelde dat ik in alle nachtclubs van Phnom Penh naar jou wilde zoeken. Hij liet me op de drukke markt zijn tuktuk met gele franjes zien. Hij was een kleine man met een litteken op zijn linkerwang. Hij droeg een honkbalpetje van de Chicago Cubs. Zijn ogen werden heel even zachter toen hij me aankeek en zei: Misschien duurt het een tijdje, misschien is het als zoeken naar één enkel rijstkorreltje.

Ik wist niet hoe ik je moest vinden en ik wist niet of je wel wilde dat ik je vond. De geur van de rivier de Bassac: een mengelmoes van smeltwater uit verre bergen, klamme lucht, knoflook, nachtjasmijn, braadolie, mannelijk zweet en vrouwelijk vocht. Corruptie houdt van het donker. In Montreal wist ik welke deuren, welke steegjes, welke sneeuwbanken zakken drugs, jonge meisjes met rode lippen en magere jongens met smalle heupen verborgen, het soort zaken dat mannen menen te begeren. Maar hier wist ik heg noch steg, en ik durfde er niet in mijn eentje op uit te gaan om je te zoeken.

Mau voegde zich bij het verkeer en ik was blij dat ik de menigte op de markt verliet. Al die mensen die een paar riel probeerden te verdienen. Mau stopte voor het restaurant Lucky No. 1 aan Monivong Boulevard en riep tegen een ober dat hij me een tafeltje aan het trottoir moest geven. Ik vroeg Mau of hij een kom soep met me wilde eten, maar hij maakte een wuivend handgebaar voor zijn gezicht en zei: Ik moet op mijn tuktuk passen. Ik wacht wel.

Overal zaten gezinnen in de deuropening om de hitte te ontvluchten. Mannen op straat namen me terloops met berekenende blikken op: een blanke vrouw in haar eentje met dollars op zak. Er reed een fiets voor mijn tafeltje langs en het voorwiel vermorzelde de rug van een rat. Het dier draaide sidderend hortende rondjes. Twee obers probeerden hem met het puntje van hun teenslippers bij mijn tafel weg te duwen, maar ze vonden het eng. Uiteindelijk haalden ze een bezem. Ze veegden de stervende rat een emmer in, en gooiden hem kronkelend en wel in een vuilnisbak in de steeg.

The Heart was bomvol en daar was je niet. Ik verwachtte niet dat ik je zou vinden op de eerste de beste plek waar ik zocht. Maar ik hoopte het wel. Ik keek in de schittering van ogen die me niet herkenden en liep de deur weer uit. Mau kwam voorrijden en zei: Ik weet nog wel een club. Hij reed om het onafhankelijkheidsmonument heen naar een kleine club die Nexus heette. Daar zat een deejay achter een gammele tafel afwisselend jazzplaten af te spelen op een grammofoon en Khmer-muziek op een cassetterecorder. Dit was een club waar je weleens zou kunnen zijn. Erg pre-genocide. Maar je was er niet. Ik ging naar buiten en zei tegen Mau: Stel dat hij een vriendin heeft, wat dan?

Avond na avond bracht Mau me overal heen. We staken de rivier over naar restaurants stampvol bierserveersters en mannen die naar hen graaiden, en ik zei: Hier zou hij nooit naartoe gaan. Mau haalde zijn schouders op alsof hij wilde zeggen: alles is mogelijk. Het was april, bijna Nieuwjaar, de warmste tijd van het jaar, en de bars en clubs zaten elke avond vol. Ik dacht: stel dat hij nooit meer ergens naar muziek gaat luisteren, wat dan? Stel dat ik nooit op hetzelfde moment op dezelfde plek ben, wat dan? Stel dat de goden doofstom zijn en me eeuwig bij de neus nemen, wat dan?

's Ochtends liep ik over Sisowath Quay en keek ik naar het verkeer: een ossenkar volgeladen met hout en grote trossen bananen die aan de wagenladder waren opgehangen; een fiets met een geslacht varken, ogen open, tong uit de bek, kruislings vastgesnoerd; kleine auto's en brommers die invoegden zoals dat in Phnom Penh gebruikelijk was, waarbij ze zigzaggend tegenliggers afsneden. Voetgangers op de brede trottoirs droegen grote, platte manden met fruit en groente op hun hoofd, of hadden kleine stoeltjes bij zich om op te zitten. Elke ochtend reed een man zonder benen op een fiets met handpedalen over het rivierpad naar het oosten. Ik vond Sopheaps noedelkarretje. Op haar rug was een baby vastgebonden en een peuter speelde bij haar voeten. Ik bekeek haar gezicht door de stoom van haar kokendhete pan. De elegante manier waarop ze door de noedels roerde en de tederheid waarmee ze met het kind omging bevielen me en ik liep naar haar toe en zei in het Khmer: Een kom noedels met *sait moan* alstublieft.

Ze zei: U spreekt goed Khmer.

Het gaat wel.

Ze schepte hete noedels uit de pan in een gescherfde kom, verdeelde er wat vlees over en gaf me het eten aan.

Mannen in wit overhemd slenterden in de kortstondige koelte van de dageraad al kopend en verkopend over de kade. Aan de overkant van de straat verdrong men zich rond een kar die grapefruits verkocht. Wie geld had kon zich te goed doen aan warme rijst, noedels, suikerriet, inktvis, gekookte eieren of lotuswortel van de karretjes. Manden vol gefrituurde sprinkhanen, later bakken met ijs. Hongerige kinderen staken magere handen uit op het trottoir. Voedsel. Sigaretten. Benzine. Jongens. Meisjes. Toeristen. De verkeerspolitie haalde met handgebaren mensen naar de kant voor rijbewijscontrole, en eiste steekpenningen. Automobilisten maakten rechtsomkeert zodra ze de politie zagen. Mensen zonder armen en benen zaten in de schaduw van deuropeningen te bedelen, de mouwen opgerold en netjes vastgespeld over stompen van armen, lastig bedelen zonder armen, een paar bofkonten op metalen benen, of misschien een door de hemel gezonden driewieler.

Ik gaf Sopheap mijn lege kom en zei: *Juab kh'nia th'ngay krao-y.*

Ze glimlachte. Bent u hier al lang?

Een paar dagen.

Hoe hebt u Khmer leren spreken?

Door thuisstudie. Het is de taal van mijn...

Ik zocht naar een woord. Ik wist hoe ik 'broer', 'vader', 'echtgenoot' moest zeggen, maar ik had nooit een woord voor 'minnaar' geleerd.

Het is de taal van de man die ik liefheb, zei ik. Ik ben naar hem op zoek.

Het was hier gewoon dat mensen kwijt waren. Net zo gewoon als een arm of een been kwijt zijn.

Sopheap schonk me haar stralende glimlach en zei: Ik hoop dat u hem vindt. Als u hem beschrijft, zal ik naar hem uitkijken. Ik zie dagelijks veel mensen.

Vanaf dat moment haalde ik elke ochtend mijn ontbijt bij Sopheaps karretje. Ze vertelde me dat ze tijdens Pol Pot een jong meisje was en dat haar moeder haar bij zich had kunnen houden maar dat haar oudere broers en haar vader waren gestorven. Ze had haar man in een vluchtelingenkamp aan de Thaise grens ontmoet. Haar moeder had met haar naar het buitenland willen gaan, maar ze werden niet toegelaten. Dus waren ze teruggekomen.

's Middags ging ik meestal naar de Foreign Correspondents' Club. Ik hield van de Parijse gele baksteen, het gezoef van de plafondventilatoren, de schone tafellakens, de krukken voor een open bar die uitzicht bood op de rivier en de boulevard: koloniale decadentie. Een westerling die met wat dollars het land in komt leeft als een vorst, en deze ongehoorde rijkdom was het eerste wat ik met de buitenlanders in de FCC deelde. Hier hoefde ik niet eenzaam te zijn. Hier vertelde altijd wel iemand een verhaal. Hier kon je bijkomen van het geploeter in de straten. Te midden van journalisten, ontwikkelingswerkers, VN-medewerkers en rugzaktoeristen, te midden van hen die moedwillig de aarde rond zwierven, hoefde je geen verklaring te geven voor een zoektocht naar een verdwenen geliefde. Rugzaktoeristen praatten over bars en dope in Thailand, stranden in India, kathedralen in Europa en hun moeder. Ze zwierven door Phnom Penh, verdiepten zich in seks, schedels en tempels, en overwogen met Nieuwjaar naar de stranden in het zuiden te gaan. Op straat wierpen kinderen kastanjes weg tijdens een spelletje *angkunh*, en versierde men ter ere van de feestdagen tafels en winkels met lotusbloemen. Vanaf het dak van de FCC had ik aan één kant uitzicht op het paleis, en dan stelde ik me voor hoe het geweest moest zijn om in koninklijke overvloed te leven, om oranjegouden boeddhistische processies bij te wonen en het feest te vieren van het ploegen vlak voor volle maan. Als ik de andere kant op keek, zag ik gewone mensen op hun terras, een vrouw die een kip slachtte voor het avondeten, een tiener die in een hangmat haar baby de borst gaf.

Op nieuwjaarsdag was het stil in de FCC. De meeste mensen waren ergens uitgenodigd of bezochten de tempels om de engelen van het oude jaar te bedanken en de nieuwe engelen te verwelkomen. Er kwam een man binnen die ik vaak had gezien. Hij was erg lang en had brede schouders, een buikje, krachtige onderarmen en een gebruinde huid. Niets ontsnapte aan zijn bruine ogen, en ik had gemerkt dat hij naar me keek. Hij bestelde een biertje, kwam naar me toe en nam naast me plaats op een kruk aan de lege bar met uitzicht op de straat. Hij zei: Mag ik bij je komen zitten? Het is druk hier.

Van begin af aan maakte Will Maracle me aan het lachen.

Ik ben Will.

Ik ben Anne Greves.

Hij zei: Ik zie je hier elke middag.

Dat weet ik.

Gelukkig Nieuwjaar.

Insgelijks.

Hij zette zijn glas neer, waarop het parelend een kring maakte, en vroeg: Wat doe je hier?

Ik ben op zoek naar mijn geliefde.

Ben je Amerikaanse?

Ik kom uit Montreal.

Ik ook, de omgeving van Montreal. Vreemd dat er geen sneeuw ligt met Nieuwjaar. Vreemd dat Nieuwjaar in april valt.

Hij straalde iets prettig vertrouwds uit. Zijn Engels had een ritme dat ik niet kon thuisbrengen. Ik vroeg: Waar in de omgeving van Montreal?

Kahnawake.

Dat is Montreal.

Niet waar. Het ligt aan de overkant van de rivier.

Hij lachte zijn gemoedelijke lach en zei: Waarom ben je in hemelsnaam hier op zoek naar je geliefde? En waarom zou hij zo'n mooie vrouw als jij kwijtraken?

Ik nam een drankje en zei: Wat doe jij zo ver van huis?

Forensische geneeskunde.

Ik keek hem aan.

Tellen.

Tellen?

Ze proberen te achterhalen hoeveel het er zijn.

Will Maracle maakte massagraven open, gaf de botten vrij. We praatten de hele middag. Ik vroeg hem wat Maracle betekende en hij wist het niet. Hij vroeg mij wat Greves betekende, en ik vertelde hem dat het een walvisvaarderswoord was: het uitschot van talg. Ik vertelde hem over mijn zoektocht naar jou in alle bars van de stad. We praatten over Frans en Engels en hoe hij aanvankelijk Indiase begraafplaatsen had blootgelegd, in Argentinië een opleiding had gevolgd bij een man die Clyde Snow heette en ten slotte hier terecht was gekomen. Ik vroeg hoe hij dit werk uithield en hij zei: De waarheid is zo oud als God. Hij haalde zijn schouders op en zei: Dat zijn de woorden van iemand anders, niet de mijne.

Ik antwoordde: En zal zich even lang handhaven als Hij, een eeuwig samenzijn.

Will lachte.

Het is vast zwaar werk, zei ik.

Tja, het gaat niet om potscherven. Ik vind het prettig dat je op je intuïtie moet afgaan om botten bijeen te brengen, om een locatie te doorgronden. Het is mensenwerk. Enfin, ik ben eraan gewend.

Zijn blik dwaalde af en hij zei: Soms droom ik dat er afgehakte benen bij me in bed liggen. Daarna keek hij me weer aan en zei: Je kunt goed luisteren.

Soms wel. Waar werk je nu?

Ik zit uit mijn neus te vreten. Het werk wordt keer op keer stilgelegd. De politieke wil ontbreekt. De leiders willen het niet weten. Maar het bevalt me hier wel.

Een olifant liep wiegend over straat. Het schaarse vakantieverkeer week voor het dier uiteen. Ik vertelde dat ik bij het krieken van de dag was opgestaan om een Berg-en-Zandceremonie te aanschouwen: vijf hopen zand op de binnenplaats van de tempel, de vijf voetstappen van de Boeddha. De monniken hadden met gekleurd papier versierde, lintvormige rijstnoedels in die hopen gezet, wierookstokjes aangestoken en het zand met geurwater besprenkeld.

Will zei: Ik heb je Khmer horen spreken. Je boft. Je begrijpt wat er gebeurt.

We vielen stil en luisterden naar elkaars ademhaling.

Will zei: Wil je het baden van de Boeddha zien?

Wat is dat?

Hij pakte mijn hand, trok me van de barkruk en zei: Het is te deprimerend om hier op Nieuwjaar in je eentje te zitten. Kom mee. Ik ga bij een paar mensen langs.

We liepen naar een kleine buurttempel naast een massagesalon die Ziende Handen heette, een werkplek voor landmijnslachtoffers. Een oude vrouw die een onderbeen had verloren zat op een houten stoel te wachten naast een jonge vrouw met een gezicht waarvan ik schrok. Ze had geen ogen en geen neus. Het midden van haar gezicht was een rechthoekig, glanzend huidtransplantaat. De huid van haar voorhoofd, boven het transplantaat, was vochtig en jong. Van een holte zo ongeveer in het midden van het transplantaat was een neusgat gemaakt. Onder het transplantaat waren haar lippen sensueel en vol en ze had een tere kin en een prachtige hals.

Will raakte haar hand aan en zei: Sineth, ik heb een vriendin meegenomen, Anne Greves. Ze spreekt Khmer.

Ze glimlachte met die volle ronde lippen en stak gracieus haar hand naar me uit. Ze zei in het Engels: Hallo. Dit is mijn vriendin Bopha. Gaan we nu?

Ze stond op, nam Wills arm en liep naast hem de drie treden af. Op de binnenplaats van de tempel een paar monniken, wat ouderen en een handjevol andere mensen. De laatsten sprenkelden gewijd water over de ouderen en de monniken. Sineth legde uit dat ze om vergeving vroegen voor fouten die ze hadden gemaakt en dat ze beloofden de ouderen in het komende jaar tevreden te stellen. Ik vertaalde het voor Will, en toen vertelde Bopha dat er in haar geboortestreek in het noorden van het land op Nieuwjaar een kokosnotendans voor de jongeren werd gehouden. Plotseling schonk een man van middelbare leeftijd een kruik water uit over een man naast hem, waarop iedereen in lachen uitbarstte en elkaar met water bespatte, en de monniken zich terugtrokken. Sineth glimlachte bij die geluiden en fluisterde: Toen ik jong was, was deze ceremonie veel omvangrijker, iedereen werd nat. Ik ging er altijd met mijn zus, moeder, vader en broers heen.

Toen we later over de kade liepen, vroeg ik Will: Wat is er met Sineth gebeurd?

Hij zei: Een pan zuur. Jaloers vriendje. Gestoorde klootzak. In een andere wereld zou ik een meisje met zulke lippen ten dans vragen.

Ik zei: Waarom niet? Waarom word je niet verliefd op haar lippen?

Was het maar zo eenvoudig.

We keken op de kade naar vuurwerk en liepen langs karretjes die snoep, sigaretten en noedels verkochten. Will staarde naar de rivier en zei: Ik zal een nieuwjaarswens voor je doen. Ik hoop dat je vindt wat je zoekt. En ik zal een wens voor mezelf doen. Ik hoop dat ze het werk weer hervatten, zodat ik kan blijven.

Hoe lang ben je hier nu?

Lang genoeg om er verliefd op te worden.

Zijn gezicht was kalm in het door het water weerkaatste licht van het vuurwerk. Ik zei: Ik hoop dat je wens uitkomt. Ik kan me niet voorstellen hoe het is om een graf open te maken.

Will zei: Dit zijn oude graven. Dat is makkelijker dan verse.

Er renden twee jongetjes langs, die rotjes bij onze voeten gooiden. We sprongen lachend opzij en sloegen een donkere straat in. Ik vroeg: Als we het eenmaal weten, wat doen we dan?

Uit goud- en zilververf bestaand vuurwerk spatte uiteen en zweefde als zijdeplantzaadjes door de zwarte hemel. Will zei: Misschien is de enige hoop dat onze menselijkheid doorschakelt naar een hogere versnelling; hoe meer we onze ogen ervoor openen, hoe meer we zullen geloven dat we eigenlijk niet zoveel van elkaar verschillen.

18

Stel je een straat voor, stel je voor dat je op een ochtend wakker wordt en buiten tienerstemmen hoort roepen: Kameraden, het is het jaar Zero.

Plattelandsjongens zonder rijbewijs rijden slingerend in tanks en trucks door de straat. Ze hebben zich in de jungle schuilgehouden. Ze laten remmen gieren, schakelen als bezetenen. Ze schreeuwen door megafoons. Ze vuren geweren af en doden iedereen die hun van repliek dient of vragen stelt of, God verhoede, weigert opzij te gaan. Hun oordeelsvermogen is beperkt. Maar ze beschikken over mensenlevens. De meesten kunnen lezen noch schrijven. Stel je voor dat je de straat op gaat en daar ziet hoe een man vraagt waarom hij zijn huis moet verlaten en een tiener zijn geweer heft en hem neerschiet.

Denk aan de oude moeder die niet kan lopen. Haar kinderen kunnen haar niet bereiken. Deze meedogenloos kijkende jongenssoldaten in hun wijde zwarte broek en shirt stampen door het ziekenhuis en schieten iedereen die niet kan opstaan dood. Denk aan mensen die ziekenhuisbedden proberen voort te duwen over de weg.

Stel je de voettocht uit de stad voor. Men weet niet waar men moet slapen. Er is geen schoon water. Geen plek om te poepen. Niemand weet wat hij moet meenemen. Heeft iemand lucifers bij zich? Een pan? Een kopje? Oude mensen sterven langs de weg en men loopt hun voorbij omdat soldaten met geweren staan te zwaaien. Een vrouw bevalt in een greppel. Stadsmensen worden dorstige, ineengedoken wezens. Hun hoofd bonkt van de honger. Moeders vallen uit naar hun kinderen. Men steelt eetkommen van lijken. Wat kan men anders? Waar is iemand toe in staat?

Het jaar Zero. Het land heeft een nieuwe naam. Iedereen werkt op een boerderij. Zaai. Plant. Oogst met messen. Stamp fijn. Ontdoe van kaf. Verpak voor de soldaten.

Muziek is verboden. Praten is verboden.

De soldaten maken vreugdevuren van bibliotheken en papiergeld. Iedereen lijdt honger.

Banken. Weg.

Post. Weg.

Telefoons. Weg.

Radio. Weg.

Tieners dienen Angka, de Organisatie. De leider is Broeder Nummer Eén. Nog niemand weet dat zijn naam Pol Pot is. Niemand weet dat hij vroeger onderwijzer was en Saloth Sar heette. Hoe is dit gebeurd? Men viel in slaap en toen men wakker werd was niets meer als voorheen. Zou je het wagen een buurman te helpen als een zenuwachtige, schreeuwende tiener een geweer op je richtte?

In het jaar Zero is er geen verleden.

19

Ik liep de Globe aan Sihanouk Boulevard binnen en ik zag je aan de bar staan. Je donkere haar was nog steeds lang en samengebonden in je nek, en je droeg een wit T-shirt. Je leunde op de bar, je was alleen en ging op in de muziek. Jij. In Phnom Penh. *Waar gij zult heengaan, zal ik heengaan.* En je ogen. Goudgespikkeld. Donkerbruin. Het bloed verzamelde zich achter mijn ogen en het vertrek werd zwart. Ik knipperde met mijn oogleden, haalde adem en zag je weer.

De deejay zette een oude opname van Oscar Peterson op. Ik luisterde naar dat strelende, flirtende, dwingende toucher van hem terwijl hij 'L'Impossible' speelde. Nu ik je had gevonden, moest ik weer aan je wennen. Na afloop van het nummer nam je een andere houding aan, en je keek in het rond. Je ogen gleden over me heen en daarna zag ik ze geschrokken naar mij terugschieten. *Waar gij zult vernachten, zal ik vernachten.* Meteen liep je bij de bar weg, terwijl je armen omhoogvlogen. Je was langer dan ik me herinnerde, nog steeds pezig en slank, je gezichtshuid niet zo doorschijnend, en opnieuw werd ik verliefd op die glimlach die je gehavende tand onthulde. *Waar gij zult sterven, zal ik sterven.* Je vingers raakten mijn schouders aan, en in het diepst van je ogen was een schijnsel als sterren, en ik zei in het Khmer tegen je: Ik heb je gevonden. Ik voelde je stevige armen om me heen en ik rook je geur, alsof we dieren waren. Ik was zestien en stond onder het licht van een kruis in de snijdende kou op een besneeuwde berg, en ik was een oude vrouw die zich de avond herinnert dat ik je terugvond in de bier- en sigarettengeur van Phnom Penh. Je was degene op wie ik verliefd was geworden en je was iemand die alles had verloren in dit land waar geesten de bedroefden en corrupten achtervolgden. Ik voelde iets in je stokken, van vreugde of verbijstering, en het donkere vertrek baadde in het licht.

Ik was niet bang meer en ik zou niet meer in mijn eentje donkere cafés hoeven doorzoeken, en ik rende naar buiten om het Mau te vertellen en ik lachte zoals ik had gedaan in de tijd voordat mijn lach dingen verhulde, voordat ik de liefde verloor.

Soms heb je bij een vroegere minnaar heel even een gevoel van lijfelijke teleurstelling. Maar dat had ik helemaal niet. Ik was alleen maar vervuld van de grenzeloze aandacht die liefde is.

Ken je me?

Ik ken je ogen.

Je streelde mijn haar en zei: Hoe heb je me gevonden?

Ik weet het niet.

Hoe lang ben je hier al?

Dat weet ik niet precies.

Waar verblijf je?

Bij jou.

En toen glimlachte je weer. Je zei: Nu weet ik dat jij het bent, Anne Greves. Plotseling onderbrak je jezelf en je zei: Je spreekt Khmer. *Uw volk is mijn volk en uw God is mijn God.*

Maanden later zei Mau tegen me: Borng srei, toen we hem
hadden gevonden en ik je samen met hem zag vertrekken
op zijn motor met zijspan, ging ik naar huis. Ik had die
avond geen zin meer om buitenlanders rond te rijden. Ik
wilde naar huis en tot de ochtend naast Ary slapen, omdat
ik dit al heel lang niet meer met haar had gedaan.

Phnom Penh. De bedaarde pruttelbootjes die meedeinen met het verkeer, riksja's die worden voortgetrokken door magere, blootsvoetse, rennende of op fietspedalen trappende mannen, tuktuks, witte busjes van de VN, vrachtwagens van het Rode Kruis, militaire jeeps en bussen, een olifant die timmerhout draagt, de straten die vanaf de waterkant de stad in rimpelen; Street 51 loopt dood op Street 392 en kruist 254, alles warrig samengeflanst, als familieliefde. En overal op straat uithangborden voor allerlei soorten Engels: Praktisch Engels, Ambtelijk Engels, Zakelijk Engels, Modern Engels. Studenten in wit overhemd lopen in kleine groepjes rond en aan het eind van de dag zijn hele gezinnen op een brommer op weg naar huis, altijd de man aan het stuur, de vrouw met een baby in haar armen en oma met een peuter. Een doodenkele keer rent er een door slaag of zuur verwonde vrouw naakt en verdwaasd over straat.

En zo waren we weer samen, in Phnom Penh, te midden van de bedelaars, geamputeerden, prostituees en straatkinderen, te midden van het niet-aflatende geploeter. In Cambodja is het donker werkelijk zoet.

Jouw kale kamer. De straatgeluiden, de nacht die tegen de brede luiken drong. Ik raakte je nette tafel aan. Ik ging op de rand van het bed zitten. Je zou maar een paar minuten nodig hebben om alles in te pakken en te verdwijnen. Jarenlang had je in ordelijke soberheid geleefd. De foto van je familie hing bij de tafel. De twee foto's van ons uit de fotoautomaat hingen bij het bed. Een grote ventilator zoefde aan het plafond. Je gebruikte nog steeds dezelfde cassettespeler en je had twee planken boven je tafel bevestigd, een met een paar boeken in het Khmer en een met een rij cassettebandjes met gekopieerde muziek. Je oude chapei lag in een doek gewikkeld in de hoek. Mijn aanwezigheid nam zo veel ruimte in. Wat had ik dan verwacht? Een riant tropenhuis, familie, vriendin, ritmische plafondventilatoren boven teakhouten tafels en een huisbibliotheek met boeken in vele talen?

Ik vroeg: Je familie?

Je zei: Waarom heb je mijn brieven nooit beantwoord?

Welke brieven?

Je zei: Er is te veel. Straks. We praten straks wel verder.

Het lichaam vergeet niet. Ik opende me voor jou alsof ik van voren en van achteren opengeritst kon worden. Aanvankelijk betastte je me als onbekend terrein, langzaam, en herinnerde je je een zachtheid die je volgens mij niet meer kende. Je armen, de smaak van je huid, je ogen. Ik kon nauwelijks ademhalen. Ik ontving je strelingen, jij ontving mijn ontlading alsof we elkaar gekweld het leven schonken. Maar ik kon niet beschroomd blijven, ik verlangde naar je, ik had elf jaar naar je verlangd, en we werden kannibalen die vlees verzwolgen en gebeden fluisterden. Ik liet alle schroom varen en maalde nergens meer om, al had ik je alleen deze ene nacht maar kunnen hebben.

Toen je na afloop met je vingers door mijn haar harkte, zei je: Voor het eerst sinds ik bij je ben weggegaan ben ik gelukkig. Echt waar. En toen, met je innemende glimlach: Anne Greves, ik sterf van de honger.

Ik zei: Dat weet ik.

Met de sporen van elkaars handen en mond nog op onze huid gingen we naar een restaurant om *phnom pleung* te eten. Uitgehongerd wentelden we stukken vis boven de kleine tafelbarbecue, en we aten groene waterspinaziestengels met rijst. We bleven elkaar maar aankijken, elkaar nu met onze ogen strelen. Er kwam een kind langs met een arm vol *pkaa malis* en je kocht al haar bloemslingers en gaf ze aan mij, en het kind rende glimlachend terug naar een man die op de hoek rondhing. Ik bracht de jasmijn naar mijn neus en je zei: Het is vandaag volle maan. Nog niet aan ruiken, dat brengt ongeluk. Neem ze maar mee naar huis om aan de huisgeesten te offeren.

Onder de tafel raakten onze voeten elkaar aan. Een ober kwam de vlam controleren. Je zei iets tegen hem, zo rap dat ik het niet verstond, en hij liep weg.

Je zei: Ik zie sneeuw op je wimpers. En ik hoor Frans en Engels, ik luister naar Buddy Guy. Maar ik word niet meer vergezeld door een meisje. Je bent nu anders, sterker.

Ik zei: Mensen veranderen eigenlijk niet; we zijn alleen maar onverslagen omdat we moeite zijn blijven doen.

Je glimlachte en zei: Misschien veranderen ze toch wel, tijgertje.

Ik wist nog niet hoe jij veranderd was. Ik vroeg: Wat doe je voor de kost?

Vertalen.

Ik zei: Dan is je studie in het buitenland toch nuttig geweest.

Je pakte boven de tafel mijn hand en zei: Voor meer dan alleen de taal, oan samlanh.

Toen wist ik dat ik altijd bij je zou blijven.

We aten langzaam en de ober kwam terug met een bladerpakketje dat met een tandenstoker was vastgezet. Je legde het in mijn hand. Dit is *pkaa champa*, voor jou.

Een magnoliageur van drie tere, in een blad gewikkelde knoppen. Ik weerstond de verleiding om ze naar mijn neus te brengen.

De oude dichters schrijven zelden over beantwoorde liefde. Hoe kunnen ze daar weerstand aan bieden?

Heb je minnaars gehad? Jij vroeg het als eerste.

Ik heb altijd alleen maar van jou gehouden.

We drentelden inmiddels hand in hand de tuin uit. Ik zei: En jij? Je hebt vast veel minnaressen gehad.

Niet één.

Terwijl we elkaar dit soort liefdesleugentjes vertelden, haalden we mijn tas uit mijn lege pensionkamer en namen hem mee naar jouw kamer, die nu naar jasmijn en magnolia rook. Nadat we gevreeën hadden, viel je in slaap. Je droomde, ogen die als razenden heen en weer schoten onder gesloten oogleden, en toen je je ogen opendeed zei ik: Vertel.

Ik wil het je liever besparen. In mijn dromen word ik door Sokha beschuldigd. Mijn ouders staan achter hem en kijken me met grote, stille ogen aan. Maar mijn jongere broer staat voor me en zegt keer op keer: Waarom heb je niets gedaan?

Aanvankelijk was je geschokt door wat je zag: een uitgemergeld volk dat zich verdoofd terugsleepte naar de stille stad. Je ouderlijk huis was al door een ander gezin betrokken. Versuft vond je deze kamer aan Sisowath Quay. De aanvankelijke stilte van de stad werd verbroken door heen en weer denderende vrachtwagens van buitenlandse hulporganisaties en het geschreeuw van Vietnamese soldaten. Zo nu en dan herkenden mensen elkaar plotseling op straat en vormden ter plekke kleine eilandjes van gepraat. Ze plozen herinneringen door: wie hadden ze waar voor het laatst gezien, wie was waar gestorven. Dan weer omhelsden ze elkaar terwijl ze daar zo stonden, dan weer huilden en praatten ze, opluchting dat ze iemand levend hadden aangetroffen, verhalen over hoe ze het hadden overleefd, elke traan als een lucifertje dat in een vat benzine werd gegooid. Het eerste jaar werd er weinig geplant omdat men door het hele land moeizaam op weg was naar huis. Daarna heerste er twee jaar hongersnood. Toen de buitenlandse hulpverleners kwamen, van wie niemand Khmer sprak, had jij volop werk als vertaler.

Je zei: Onder Pol Pot konden de mensen nooit vrijuit spreken. Buren waren elkaars tegenstander. Kinderen waren erop getraind hun familie aan te geven. Mensen probeerden zich in zichzelf te verbergen. Ze deden alsof ze geen stedelingen waren, ze deden alsof ze geen vreemde taal verstonden, ze probeerden zachte handen te verhullen, probeerden door te gaan voor boeren, taxichauffeurs, straatverkopers.

Wie heb je gevonden? Heb je Tien gevonden?

Muzikanten waren de vijand. Studenten waren de vijand. Stedelingen en ontwikkelde mensen. Alles wat ik was geweest, was de vijand.

Een ziel beschermt zichzelf tegen het ondraaglijke. Je wilde niet over je familie praten. Je zei: Maar ik heb een nieuwe chapeileraar gevonden. Sommige mensen hebben het overleefd.

Na die woorden stond je op. Je pakte je chapei uit de hoek van de kamer en haalde hem uit de doek. Je ging in kleermakerszit op bed zitten, nam het instrument op schoot en tokkelde op de twee snaren. Je zong een oud volkslied: over het verlangen naar de tijd van de moessonwinden, oan samlanh, de wens om met je schatje in haar nieuwe *phamuong* naar het feest te gaan, o liefste, samen met je schatje naar het feest te gaan.

Je keek me aan om te zien of ik je zang nog steeds mooi vond.

Toen je net terug was, liep je door de stad naar je oude straat, langs je oude voordeur, om je familie te zoeken. Niets. Je ging naar het bureau van het Rode Kruis, waar lijsten met namen hingen. Niets.

Ik heb Chan ontmoet, zei ik.

Je bent naar mijn huis gegaan?

Ja. Daar heb ik het eerst gekeken.

Je zei: Het land was als een verbrijzelde lei. Voordat ze ook maar konden overwegen er lijnen op te trekken, moesten ze de scherven zien te vinden en die weer aan elkaar lijmen.

Je trok een la open, haalde er een schoolschrift uit en bladerde het door om me bladzijden met liedteksten te laten zien, die in je nauwkeurige Khmer-handschrift geschreven waren.

Ik heb de laatste tijd de oude liederen geleerd, zei je. Ik ken er nu veel meer dan toen we samen waren. Ik heb met de traditie gebroken door ze op te schrijven.

Je deed het schrift dicht, legde het terug in de la, nam me in je armen en zei: Het is net een droom, jij hier.

Algauw vulde het licht van de dageraad de spleten tussen de luiken, maar ik had geen zin in daglicht en hitte. We lagen strelend en fluisterend in bed.

Wat heb jij gedaan?

Ik vertelde je niet hoe verdrietig ik was geweest toen ik geen enkel bericht van je ontving. Ik vertelde je niet dat ik me had afgevraagd of een mens liefde kan verzinnen. Ik vertelde je niet dat het me begon op te vallen dat er dagelijks mensen niet uit liefde trouwen, maar omdat ze goed bij elkaar passen of eenzaam zijn.

Ik zei: Aanvankelijk heb ik geprobeerd je te bellen, maar dat lukte niet. Ik heb brieven naar Phlauv 350 gestuurd. Ik heb gestudeerd en daarna lesgegeven.

Je ogen waren zo levendig. Ik lachte en zei: Ik heb je oude appartement gehuurd. Ik heb de slaapkamer weer geel geverfd. Jarenlang heb ik geprobeerd mezelf ervan te overtuigen dat het voorbij was. Maar een paar weken geleden zag ik je op tv. Het was een plechtigheid voor de doden in een school hier. Ik dacht dat ik je in de menigte zag.

Je zei: Ik ga nooit naar die plechtigheden.

Ik zei lachend: Dan was er helemaal geen reden om te komen.

Ik deed alsof ik wilde opstaan om te vertrekken, maar je trok me terug en ik was blij dat je nog steeds speels kon zijn.

Ik zei: De avond nadat ik meende je te hebben gezien, viel er late lentesneeuw. Ik liep van Bleury Street langs de Yellow Door en La Bodega, waar ik samen met jou mijn eerste sangria heb geproefd, vlak bij het café waar jij zong. Ik klom langs de universiteit naar de top van de berg, waar we ruzie hadden gemaakt over jouw vertrek, en daarna liep ik naar St. Joseph. Weet je nog hoe we toekeken hoe mensen op hun knieën die trap op gingen? Ik had geen zin om naar huis te gaan en liep helemaal naar het station, voorbij de Marie-Reine-du-Monde-kathedraal. Ik was moe maar ik liep door, naar het oude Montreal, langs L'air du Temps, en ik herinnerde me Sonny en Brownie. Ten slotte ging ik naar huis. De hele stad en elke stap deed me aan jou denken.

Er biggelde een traan langs je neus en je veegde hem weg. Je zei: Kom, we gaan een wandelingetje maken.

Ik zei: Nee, wacht. Vertel nou wat er met je familie is gebeurd.

Wat ik weet hoort bij een ander mens, zei je. Het kan maar beter in een afgesloten doos opgeborgen worden. Laten we naar buiten gaan.

Ik volgde je. Uiteraard. We staken de straat over naar de brede promenade langs de rivier. Ik zag Sopheaps noedelkarretje en we bleven staan om noedels te kopen, en toen ze je zag zei ze met fonkelende ogen: Is hij het?

Ik knikte en ze lachte, gaf ons allebei een kom met noedels en zei: Geen geld vandaag. Vandaag is het feest.

Toen we het eten ophadden, wandelden we in de toenemende ochtendwarmte langs de rivier, en je zei: Wie ken je hier verder al? Ik was vergeten hoe vrij je bent.

We kwamen langs het Koninklijk Paleis en je zei: Heb je het al bezocht? We liepen door het Chan Chaya-paviljoen waar vroeger de dansers optraden, bestegen de marmeren trap en betraden de zilveren tegels van de tempel van de Smaragden Boeddha. We bekeken de van Baccarat-kristal vervaardigde, Smaragden Boeddha, de gouden, met diamanten bezette Boeddha en een kleine stoepa van zilver en goud die een relikwie van de Boeddha uit Sri Lanka bevatte. Ik vond de staande Birmaanse Boeddha van marmer het mooist, en daarna liet je me de bibliotheek zien, met de verzameling op palmbladeren geschreven heilige teksten. We sloegen twee kinderen gade die een op boter-kaas-en-eieren lijkend spelletje deden in het zand, we bekeken de gouden paleisdaken met hun vlamvormige toppen, slangen en felblauwe mozaïeken, en we zagen gekko's wegschieten onder reusachtige, met palmen beplante urnen. Je zei: Weet je nog dat we alle kerken van Montreal hebben bezocht? We liepen terug naar een café aan het trottoir onder de FCC, dronken sterke Italiaanse koffie en praatten over elf jaar aan dagen, en rusteloos zei je: Laten we naar muziek gaan luisteren.

23

Ik dacht dat we naar een ander café zouden gaan, maar ik volgde je naar een sloppenwijk die Dey Krohom heette. Je kocht een zak rijst op een van de markten. Rijen hutten van golfplaat, plastic zeil en geweven rotan. Kapotgeslagen kokosdoppen op de grond. De geur van houtskool en houtvuur. Je voerde me over de smalle paden mee naar een huis waar een man met een pokdalige huid en een zwarte zonnebril op lag te soezen op een *kgrair*. Je riep zachtjes: Oom, ik ben het, en je legde de rijst onder zijn bed van houten latten.

Zijn gezicht werd onmiddellijk door een brede glimlach doorkliefd. Terwijl hij rechtop ging zitten, bracht je je mond naar mijn haar en grapte in het Engels: Maak kennis met Ray Charles, maar tegen hem zei je in eerbiedig Khmer: Leraar Kong Nai, ik heb een vriendin meegenomen die van uw muziek houdt. Je legde mijn hand in de zijne. Nai glimlachte naar me en gaf met zijn warme hand een kneepje in mijn vingers. Je zei: Zou u willen spelen? Hij draaide zich om naar het huis en riep iets tegen een jonge vrouw, die zijn oude instrument naar buiten bracht. Hij trok zijn benen zijwaarts op en speelde en zong verhalen over reuzen en de oogst, en hij zong zijn eigen naam. Er verschenen twee meisjes om de hoek van zijn huis die begonnen te dansen, de polsen naar achteren gebogen, de elegante vingers gespreid, en volwassenen lieten hun kookvuur in de steek om te komen luisteren. Kong Nai voelde dat zijn vrouw eraan kwam en draaide zich met die stralende glimlach van hem naar haar toe. Hij speelde de muziek die ik op je cassettebandjes had gehoord in de kamer aan Bleury Street, het bluesachtige gejammer van snaren en de menselijke stem. Je wierp af en toe een blik op mij, bestudeerde de vingers van de meester en keek naar het kluitje toehoorders.

De meeste muzikanten waren dood, de meeste dansers waren dood en de meeste schilders waren dood. Sommigen die het hadden overleefd verscholen zich en dronken. Sommigen hadden gekte voorgewend om het er levend af te brengen en konden hun zogenaamde waanzin niet volledig afschudden. Sommigen zeiden: Betere kunstenaars dan ik zijn vermoord, maar ze vonden de kracht om te blijven werken. Toen Nai klaar was, zei hij tegen me: Je kunt altijd langskomen. Ik speel graag.

We liepen over de smalle paden de wijk uit en je zei: Nai is degene die ik had willen meenemen naar L'air du Temps.

Zout zweet, houtrook en de rivier. De gloed van vuurtjes en de geur van garende rijst en bradende vis. De duisternis van een stad die nog onverlicht is.

Hoe heeft hij het overleefd?

Hij heeft maïs en bonen geoogst. Hij heeft palmtouw gemaakt. Hij heeft revolutionaire liederen gezongen. Uiteindelijk stond ook hij op hun lijsten.

Je hebt me geschreven. Eén blauw luchtpostvelletje per week. Toen je me dat vertelde, dacht ik alleen nog maar: hoe kon papa me dat hebben aangedaan?

Ik zei: Hoe lang ben je blijven schrijven?

Ik heb je vorige week nog een brief gestuurd. De brieven zijn nooit teruggekomen. Ze gingen ergens heen. Ik dacht: misschien komt er wel een keer een aan. Soms dacht ik ook niets. Ik schreef gewoon.

Waarom heb je niet gebeld?

Oan samlanh, dat heb ik één keer gedaan. Je vader nam op en zei: Bel maar niet meer. Ze heeft een ander.

Verraden. Onder het mom van liefde heeft mijn vader je bij me vandaan gehouden en toch heb ik je gevonden. Ik heb de woorden niet gelezen die in jouw afwezigheid je eeuwige liefde uitdrukten.

Mensen hebben voortdurend geheimen voor elkaar. Ze verbergen verhoudingen. Vrouwen verbergen baby's. Ouders verbergen hun zwakheden voor hun kinderen. Kinderen verbergen hun ware aard voor hun ouders. Wie vernederen we met onze geheimen?

Waarom verlangen we naar ongeremde liefde? Liefde die niet blijvend kan zijn. De wereld ligt buiten de tuin. We bedekken ons lichaam en leven door, en hopen tot het einde toe op ongeremde liefde. Nog één keer.

Na een paar dagen ging 's ochtends je telefoon.

Je nam op: Hallo...? *Baat... baat... Baan...* Oké, dag.

Nadat je had opgehangen zei je: Ik moet weer aan het werk.

En zo kregen onze dagen een kalme regelmaat. Je ging elke ochtend vroeg naar je werk en kwam halverwege de middag weer terug. Ik dwaalde door de stad, de markten, de smalle steegjes, de tempels. Ik ging op bezoek bij Chan in je oude buurt. Ik praatte met Sopheap. Ik zocht de taxi-standplaats op waar Mau elke dag voor zonsopgang begon. Als het erg warm was, ging ik naar het zwembad bij het Cambodiana-hotel om te zwemmen en naar de buitenlanders te kijken. Je zei dat je tolk was en ik geloofde je. Je wil-de niet over je familie praten. Ik vertrouwde je. Ik dacht: er is immers veel leed geweest. Als de telefoon ging, het enige wat je kamer binnendrong, zei je dat je werkafspraken maakte en natuurlijk geloofde ik je.

Nadat je had opgehangen zei je bijvoorbeeld: Ik ben van-daag vroeg terug, rond twee uur, *oan samlanh*. We moeten vanavond maar eens naar de Globe gaan. Naar muziek luis-teren. Tot straks.

Huiselijke woorden. Exotischer dan liefdeswoorden. Ik had zo lang alleen gewoond. Ik genoot van je nonchalante belofte telkens wanneer je vertrok: Tot straks. Meer vroeg ik niet. Ik vroeg niet waar je werkte of voor wie je werkte. Ik dacht: we hebben nog tot in lengte van dagen. Ik heb al zo lang gewacht. In de koele namiddag vreeën we en 's avonds zwierven we te voet of op je motor met zijspan door de stad. Je was vaak stil. Maar je vond het nog steeds fijn om mu-ziek te draaien en je leerde weer grapjes met me te maken.

We aten bij karretjes en zaten op bankjes over de rivier uit te kijken. Ik vertelde je hoe het ging met oude vrienden in Montreal: dat Charlotte getrouwd was en drie kinderen had gekregen, dat No Exit een andere leadzanger had gevonden en daarna de muziek zoetjesaan had ingeruild voor kantoorbanen, huwelijken en baby's, jij vertelde dat je naar het dorp van je grootouders in het noorden was gereisd en een vriend had teruggevonden.

Op een ochtend zei ik: Ik wil naar Choeung Ek. Zou je me er vanmiddag naartoe kunnen brengen? Ik wil de *killing fields* zien.

Je zei: Wat heeft het voor zin om naar Choeung Ek te gaan? Je weet al wat er is gebeurd.

Ik wil het met eigen ogen zien. Ga mee. Ik wil weten wat jij weet.

Je gezicht werd ondoorgrondelijk en je zei: Je hoeft het niet te zien. Je weet het al.

Maar ik wil het zien.

Niet nodig, tijgertje.

Toen je weg was liep ik door de stad naar Psar Tuol Tom Pong, de Russische markt, om Mau te zoeken en te vragen of hij me wilde brengen.

We verlieten de stad bij de tweesprong in de weg die naar de oude longanboomgaard voerde. Het terrein was overwoekerd met gras en een stoepa in de *killing fields* herbergde achtduizend schedels.

In Choeung Ek keert het geheugen zijn donkere buik naar de oppervlakte, als een waterkever die zich voor iedereen zichtbaar verschuilt. Met gras overwoekerde, verzonken plekken in de aarde. Stoepa's met schedels en botten. De hemel. Een jonge man, keurig gekleed in een schoon overhemd en een dunne katoenen broek, kwam op Mau en mij af. Zijn ogen waren zo dof dat ik het niet kon verdragen hem aan te kijken en hij zei: Ik zal u vertellen wat er is gebeurd.

We gingen bij hem zitten en hij zei: Ik heb met eigen ogen gezien hoe ze moordden. Men riep mijn werkbrigade op voor een belangrijke bijeenkomst. Een jong stel werd naar buiten gesleurd, geblinddoekt en aan een boom vastgebonden. Mijn brigade kreeg de opdracht te komen kijken naar mensen die zonder permissie van Angka verliefd waren geworden.

Wat moeten we doen? schreeuwden de leiders.

Mijn brigade schreeuwde terug: Doden! Doden!

Ik schreeuwde dit ook. De jongen naast me stapte met een bamboestok naar voren en sloeg de man op zijn hoofd. Er kwam bloed uit diens neus, oren en ogen. Men deed de vrouw haar blinddoek af. Ze werd lijkbleek en sloot haar ogen, en ook zij werd geslagen. Na vele klappen brachten ze haar om. Ik heb dit ook gedaan. Ik heb een nog levend menselijk wezen hard op het hoofd, de nek en de buik geslagen.

Waarom riep je 'doden, doden'?

Hij beschreef met zijn handen cirkeltjes voor zijn borst en zei: Ik voelde toen niets. Woorden kwamen er gewoon tegelijk met alle andere stemmen uit.

De Rode Khmer bediende zich van woorden om het volk te doden. *Touk min chom nenh dork chenh kor min kat. Sam at kmang.* Ze zeiden dit keer op keer: Je behouden is geen winst, je kwijtraken geen verlies. Roei de vijand uit.

Dit waren zinnen die ik nooit had bestudeerd.

De jonge man vormde zijn handen tot een trechter voor zijn gezicht en keek daardoorheen. Hij zei: Ik ben een levende dode. Ik heb mijn lichaam, ik kan me bewegen, ik kan spreken, ik kan eten, maar ik ben onbetekenend.

Toen zweeg hij en Mau zei: Broertje, we zijn wat we denken.

We keken toe hoe twee jongetjes kikkers vingen in de geulen in het veld en langs rijstveld, suikerpalmen, stof en bot renden. Het gras had zijn werk gedaan.

We liepen terug naar de tuktuk en ik zei tegen Mau: Hoe heb jij het overleefd?

Hij streek met het sleuteltje van zijn tuktuk over zijn handpalm. Hij zei: Borng srei, ik praat liever niet over die tijd. Ik was een visserszoon, ik deed alsof ik niet kon lezen en ik werd meegenomen om een dam te bouwen. Toen het voorbij was, werd net het boeddhistisch Nieuwjaar gevierd. Ik voegde me bij een kring lijven die in hun handen klappend rond een vuur dansten in het maanlicht. Ik voelde me eindelijk vrij. Ik zag dat de anderen tegenover me in de kring dansende lijken waren, en toen ik naar naar mijn eigen lijf keek, bleek ook dat niet meer te zijn dan over botten gespannen huid. Maar ik bleef dansen. We waren zo blij. Toen we in Phnom Penh waren aangekomen, slaagde Ary erin een lapje grond te pachten om champignons te telen, en van de winst kocht ik mijn tuktuk om een goed bestaan op te bouwen. Dat zijn mijn ervaringen.

Stil wendde Mau zich af. Kom, borng srei, zei hij, je hebt genoeg gezien.

Toen ik terugkwam zat je in kleermakerszit op het bed gitaar te spelen. Ik ging bij je zitten, sloeg mijn armen om je heen en zei: Borng samlanh, ik heb vandaag Choeung Ek bezocht.

Je zei niets terug en legde de gitaar niet weg. Ik keek toe hoe je je eeltige vingers over de hals liet glijden en nog een paar noten speelde. Ik legde mijn hand op jouw rechterhand zodat je niet meer kon spelen en zei: Ik kan niet met je stilte leven.

Je bleef zwijgen en voor het eerst sinds we samen waren sprak ik kille, ongeduldige woorden waar ik niet graag aan terugdenk. Je bent als een geest die ik ooit heb gekend, zei ik. Praat met me. Vertel wat er is gebeurd.

Angstaanjagende stilte. Na geruime tijd hief je je hand om met je vingers mijn haar te strelen. Je boog je over je gitaar heen, trok me naar je toe, drukte je wang tegen mijn hoofd en zei: Je ruikt altijd zo lekker.

Toen bracht je je handen weer naar je gitaar en met een glimlachje zei je: Ik vraag me af of je deze nog kent. Je zong: Ik kan geen genoeg krijgen van je zoetheid. Ik zag je voor me op het podium, lang geleden, toen je nog een wiskunde-student uit verre streken was die het publiek kon bekoren, maar ik zong niet met je mee.

Ik zei: Soms is dat wat mensen bij elkaar brengt hetzelfde als dat wat hen uiteenrukt.

Je zei: Heb je zin om de rivier op te gaan om de tempels te bezoeken in de streek waar mijn grootouders hebben ge-woond? Ik zal je laten zien waar ik vandaan kom.

Vlak voor de regentijd stond het water laag, maar we gingen toch op weg in de pilvormige Royal Express, de boot die om vier uur van Sisowath Quay vertrok. Op een schetterende televisie waren Thaise soaps en muziekvideo's uit Hongkong te zien. Zodra de boot zich had losgemaakt van de kade, klauterden we de deur uit en schuifelden voorzichtig over het smalle zijdek om een plekje op het dak van de boot te vinden. We knoopten *krama's* om ons hoofd en keken naar dorpen op palen aan de rand van de rivier. We zaten schouder aan schouder, de wind in onze oren, op ons gemak samen, alsof we op je motor langs de oever van de St. Lawrence reden. Je zei: Je zult je deze rivier je hele leven herinneren.

De Royal Express kreeg motorpech en op de oever wachtten we op een andere, kleinere boot. We keken naar de kinderen en je praatte over het huis van je grootouders in het dorp bij Angkor Wat, met zijn kibbelende gibbons bij zonsopgang, chapeizangers in de avondschemering, gongs die door het hele dorp echoden. Met een stem die week was van genegenheid vertelde je dat een man met wie je als jongen had gespeeld ons zou komen afhalen. Ik keek in het goudgestippelde water en zag je ogen in de rimpelingen.

Zwermen zilverreigers scheerden over het meer en hoge bomen rezen op uit het laagstaande water. Toen de schroef van de kleine boot protesteerde tegen de modder stopten we opnieuw, en de bestuurder liet zich met een moersleutel overboord zakken. We gingen naar binnen om aan de brandende zon te ontsnappen en algauw kwam de motor weer op gang en ploegden we voort door het ondiepe moeras, terwijl de rivier zich tot het meer verbreedde. Langs uit het water groeiende bomen tuften we op een drijvende steiger af, waar prauwen lagen te wachten en mannen riepen hoeveel je moest betalen voor een gepunterd tochtje naar het deinende, smalle pad op palen boven het wad.

Je wuifde en riep opgewonden Aa-Leap! naar een man in een sikkelvormige boot met een lang roer dat half verteerd was door het water.

We sprongen in zijn boot en hij loodste ons door de waterwegen van het drijvende dorp: rijen drijvende huizen die aan pontons van olievaten vastgebonden waren, drijvende winkels met sigaretten en limonadeflesjes olie voor buitenboordmotoren, een drijvende, paarse, houten school en een drijvende kliniek. Het kon een aantrekkelijke tekening in een kinderboek zijn geweest, als je de armoede en het geploeter wegdacht. De bewoners van het drijvende dorp werkten in met bamboe omsloten viskweekpoelen, en een grijze politieboot, aan de zijkant voorzien van een machinegeweer, was aangemeerd naast een drijvend bureau met het opschrift BUREAU DE POLICE FLUVIALE. Een naakt jongetje draaide met een brede glimlach rond in een drijvende emmer.

We gleden langs blauwe drijvende huizen met gesloten luiken, drijvende veranda's en hangende bloempotten. Leap manoeuvreerde ons met zijn enige roer naar een huisje dat uitkeek over het meer en een aantal voor anker liggende vispramen. Ik keek toe hoe de namiddagzon Leaps kalme gezicht een koperkleurige en paarse gloed gaf.

Je zei in het Engels tegen me: Leaps opa kende de mijne. Als kind speelden we met elkaar. Toen ik net terug was en hij me in het dorp van mijn grootouders zag, zei hij: Ben jij het? En ik zei: Leef je nog?

Terwijl de zon onderging liet Leap ons achter bij het drijvende huis. We namen plaats op de bamboematten op de veranda en keken over het meer uit. Algauw verscheen zijn vrouw door een scheur in het donker, gehurkt in de boeg van zijn boot. Ze gaf ons warme, in bladeren gewikkelde rijst, met in kokosmelk geweekte en in bananenblad gebakken vis. We praatten over het vissen en de komende regentijd en ik zei: Eet een hapje met ons mee.

Maar ze knikte naar de bamboemuren en antwoordde met zachte stem: Overal oren. Zoveel ogen als die van een ananas.

Daarna verdween ze weer in de waterlaantjes van het dorp.

Waarom durft ze niet bij ons te komen zitten? vroeg ik.

Je grapte: Misschien ligt het aan je accent.

Ik begreep toen niet dat men elkaar overal in de gaten hield. En dat je soms werd verklikt en soms niet, hier waar geen vrijheid heerste.

We aten en borgen grote flessen water weg. We luisterden naar de geluiden van vissersgezinnen aan het eind van de dag: schalen en pannen, kaartspelletjes, een huilende baby, het geroezemoes van avondlijk geroddel. Het meer was breed en spierwit, en de mensen die tijdens het donker sliepen en voor zonsopgang wakker werden, verstomden onmiddellijk. Dag in dag uit keken ze naar de hemel en het water, duidden ze de tekenen van verglijdende uren en seizoenen, eerden ze de goden met dezelfde vanzelfsprekendheid als waarmee ze ademhaalden, wachtten ze tot de olievaten weer zouden stijgen en het dorp het meer op zou drijven. Sterren wentelden zich door de hemel. Alles doolt rond en keert terug.

Je haalde een kleine, roze, koralen boeddha aan een dun zilveren kettinkje uit je zak en maakte dat vast om mijn hals. Het enige wat ik jou kon geven was mijn oude medaillon van de Heilige Christoffel, die mijn vader aan mijn moeder had gegeven en later aan mij. Ik deed hem af en hing hem om jouw hals.

We beloofden elkaar trouw met ons lichaam. In het donker, alleen met elkaar, zeiden we dat we tot de dood voor elkaar zouden zorgen. Er was niemand bij als getuige, en daarom waren alleen de naamloze vermisten en de komende generaties onze getuigen. En op deze avond werd onze baby verwekt, een ziel die de dorre hemel van de voorvaderen verliet om opnieuw in vlees en botten te leven.

Ik kom steeds dichter bij je.

Ik ben uitgeput. Het doet zo'n pijn om dit te vertellen dat ik vergeet adem te halen. Ik verlang naar je tederheid. Dertig jaar heb ik me vastgeklampt aan woorden die me wat troost zouden kunnen schenken.

De doden moet ik langer behagen dan de levenden. Aldus Sophocles. De liefde beschermt altijd, heeft altijd vertrouwen, verwacht het altijd van God, en houdt stand. Aldus Paulus. We zijn wat we denken. Aldus de Boeddha.

We zaten in de Foreign Correspondents' Club aan de bar met uitzicht op de straat, toen Will achter me opdook.

Hij zei: Anne Greves, waar heb je gezeten? Heb je hem gevonden?

Ik lachte en zei: Mag ik je voorstellen aan Will Maracle? Uit Montreal.

Will bekeek je aandachtig en zei: Je komt me bekend voor. Ik heb je in Montreal zien optreden met een band.

Je zei: Dat was lang geleden.

Will haalde zijn schouders op en zei: Ik kom net uit Siem Riep. Wat een lust voor het oog. Ben je ooit extatisch geweest in een tempel? Weet je wat ik denk? Mensen hebben een bovenbrein en een onderbrein. Het onderbrein gebruik je om te overleven en te verleiden. Geef mij het onderbrein maar. Wil iemand wat drinken?

Het voelde als thuis. Oude vrienden zien. De draad weer oppakken. Grapjes. Geklets. Hoe het leven zou kunnen zijn.

Will zei: Tempelkunst, lijven die in de hel vallen, lichtstralen boven de kolkende zee van melk. Het aanbidden van Shiva in de koning. Die mannen van weleer waren erg gevoelig voor het onderbreinleven. Heb je de bas-reliëfs gezien? Als je een willekeurige kunstenaar mocht ontmoeten, wie zou je dan kiezen?

Je zei: Levend of dood?

Maakt niet uit.

Charlie Mingus.

Will keek mij aan.

Buddy Guy, nee, Will Kemp.

Wie? Nou ja, doet er niet toe. Ik zou een tempelsteenhouwer willen ontmoeten. Ik zou willen weten waaraan hij onder het werken dacht, wat hij dacht tijdens het uithakken van een olifant die iemand de lucht in gooit, of Kama die in de armen van zijn geliefde sterft. Misschien was hij gewoon een arbeider die op een bepaald gebied vakkundig was, net als ik. Misschien stond hij 's ochtends op en beitelde hij er de hele dag op los tot hij doodmoe was en dacht hij aan niet veel meer dan waar hij zijn palmwijn vandaan zou halen. Ik wil weten hoe het voelde om al die apsaraborsten uit te hakken. Ik wil weten of hij helemaal opging in zijn werk, zoals ik. Geen besef meer had van tijd. Die steenhouwers konden geen fouten maken. Stel je een wand voor met een bas-reliëf van Vishnu waar tijdens de zonnewende het zonlicht op valt, of een toren met honderden apsara's. Je staat druk te beitelen maar je hebt slecht geslapen en je hand is niet al te vast, waardoor je beitel uitschiet en je het Mona Lisa-glimlachje van een van de apsara's verwoest. Dan ben je mooi de lul.

We barstten in lachen uit.

Meterslange bas-reliëfs, zei hij, geen fouten, elk bas-reliëf is anders. Elke borst is weer een tikje anders. De steenhouwers moeten daarover hebben nagedacht. Als ik naar de stenen gezichten van de koningen kijk, voel ik hun ogen bewegen, voel ik hen ademen. Ze kijken vier kanten op, wachtend tot het donker is om een van die tempeldanseressen te grijpen, wachtend tot het ochtend is om driftig te worden en een arme sloeber van het platteland ter dood te veroordelen. Die hooghartige ogen, half in het goddelijke, neergehouden door stenen halzen. Ik hou van het onderbreinperspectief.

Ik zei: Je bent vast in een vorig leven steenhouwer geweest.

Will zei: Ik geloof alleen in dit leven. En maar al te vaak heb ik zelfs moeite om daarin te geloven.

Will maakte me altijd aan het lachen.

Jij zei: We weten nooit in welk leven we ons bevinden.

29

In het buitenland had iedereen het over democratie in Cambodja. Men had het niet over gevechten en in het oerwoud verborgen kampen, het smokkelen van wapens en mensen, of een mijnenveld dat K5 heette en zich uitstrekte van de Golf van Thailand tot de grens met Laos.

Men zei: De Verenigde Naties zullen toezicht houden op de eerste verkiezingen. Men zei: Hulporganisaties moeten helpen bij de wederopbouw. Men zei: Het volk is de oorlog zat. Men zei: De leiders zijn in Parijs akkoord gegaan met een vreedzame overgang.

Het oerwoud is zo ver van de Champs-Élysées. Elke leider verborg zijn eigen troepen: Funcinpec, Son Sann, de Rode Khmer, de Revolutionaire Strijdkracht van het Volk. De mensen waren vluchtelingen in hun eigen land; ze verhongerden, werden door kogels gedood, of als lucifertjes de lucht in geslingerd langs de K5.

Je lag op bed een krant te lezen en ik zat aan je tafel Khmer te studeren. Met mijn vinger onder het krullende schrift las ik: Als de tijger gaat liggen, zeg dan niet: *De tijger toont respect. Als je je vrouw ervan verdenkt ontrouw te zijn, laat haar dan niet achter je lopen.* Ik vroeg: Waarom zijn er zoveel chbaps over achterdocht? Jij zei lachend: Omdat niemand wie dan ook kan vertrouwen.

Ik pakte je krant en ontcijferde de kop waarin werd meegedeeld dat er meer waarnemers het land in zouden komen voor de verkiezingen. Ik zei: Misschien kan ik wat vertaalwerk voor hen doen. Of voor de VN. Ik moet ook aan de slag.

Je zei: Ze hebben volstrekt geen nut.

Je zwaaide je benen van het bed, waarbij de krant op de

grond terechtkwam, en zei: De hond blaft en de ossenkar sukkelt voort.

Wat betekent dat?

Dat betekent dat buitenlanders hier komen blaffen maar alles gewoon bij het oude blijft.

Maar iemand moet het toch zien.

Anne, je begrijpt het niet. Ze proberen met hun witte vrachtauto's en blauwe baretten de dorpen in te gaan, en worden door gewapende soldaten tegengehouden. 's Nachts worden de mensen op het platteland gedwongen kogels te slikken, en dan zeggen de soldaten tegen hen: Als je niet stemt op wie wij zeggen dat je moet stemmen, zullen de kogels in je binnenste ontploffen. Ze dwingen de mensen om bij de Boeddha te zweren dat ze op een bepaalde partij zullen stemmen. Ze slaan de mensen, om hen eraan te herinneren op wie ze moeten stemmen. Ze gooien granaten in de huizen van dorpsleiders. De buitenlanders gaan naar hun gerieflijke hotels en zien niets. Ik heb nóg een chbap voor je: De mango en de sinaasappel zijn eender: allebei zuur.

Ik herinnerde me hoe bang je was geweest in Bleury Street, toen je daar in de keuken stond met het telegram van je vader in je hand.

Ik had gedacht dat we twee gewone mensen waren die elkaar naar hun beste vermogen liefhadden. Ik wist niet dat jij voor de oppositie werkte, foto's nam, toespraken schreef, verhalen vertaalde voor het Westen. Ik had geen oog gehad voor wat er vlak voor mijn neus gebeurde: dat iedereen die tegen de regering was om het minste of geringste vermoord kon worden. Heb je weleens bedacht waarom je van alles voor me achterhield? Was het een gewoonte die voortkwam uit jarenlange eenzaamheid? Was het ingegeven door een of ander avonturenverhaal uit de oudheid over strijders die na de oorlog naar vrouwen terugkeren? Lag het aan het feit dat ik buitenlandse was?

Ik zei: De discipline van vrijheid gestalte geven is een eeuwen durend proces. In het Westen was dat tenminste wel het geval. Het bewaken ervan is een oneindig proces.

Je hief je hand en maakte een wegwerpgebaar.

Je ogen ontweken de mijne. Hoe kon je me vernederen met je geheime leven? Als ik je aanraakte, voelde ik dat je met je gedachten ergens anders was. Ik miste de manier waarop je vroeger van me genoot. Ik zei: Vertel eens wat je elke ochtend doet. Ik wil zien waar je werkt.

Niets bijzonders. Gewoon vertaalwerk.

Voor wie?

Voor iedereen die er behoefte aan heeft. Talloze mensen.

Waar?

Je antwoordde kortaf: Hou op met die vragen. Ik doe wat ik doe. Je verstikt me.

Ik pakte mijn handtas alsof ik wilde vertrekken. Val dood, zei ik.

Je zei met zachte stem: Oan samlanh, kom hier. Ik probeer alleen maar verder te gaan met mijn leven. Blijf niet in het verleden hangen, droom niet over de toekomst, maar richt je op het hier en nu.

Je sloeg je armen om me heen. Je lichaam kon me altijd vermurwen, dat wist je en dat gebruikte je tegen me.

Ik zei: Weet je nog hoe we met elkaar omgingen toen we elkaar net kenden? Weet je nog hoe we alles bespraken?

Je zei: We bespraken niet alles. Je was te jong.

Ik ben nu niet jong meer.

En toen trok je me tegen je aan. Ik zou je alles vergeven, zolang ik het ruwe eelt van je vingers maar op mijn huid voelde. Ik was een dier. Ik kon mijn handtas wel pakken, maar waar zou ik in vredesnaam naartoe kunnen vluchten? Uit wat voor wanhoop bewaarde je je geheimen? Uit wat voor angst stond ik je dat toe? Waarom dwong ik je niet me alles te vertellen?

30

Nadat je 's ochtends was vertrokken, ging ik vaak bij de oude Chan langs. Ze zat altijd in de deuropening, roerloos, afgezien van de lichte zenuwtrekkingen in haar gezicht, de unieke vingerafdruk van haar trauma. Ik kocht zakken rijst, verse groente en vis voor haar. Haar ogen lichtten op als ze me zag.

De jongenssoldaten noemden Chan Oma Kunstmest. Ze had gedaan wat ze kon om de soldaten ervan te weerhouden haar familie te executeren, maar niemand had het overleefd. Ik ging in de deuropening zitten en luisterde naar haar. Ze zette zwangerschapsthee voor me en zei dat ik gekookte eieren moest eten voor mijn baby. Op de dag dat ik verse bananen voor haar meebracht, liet ze zichzelf praten.

Aanvankelijk moest ik braken van de lijkenlucht, zei ze. Ik moest het vlees van de lichamen stropen. Ik moest de botten verzamelen, ze verbranden en van de as kunstmest maken. Ik trok de lichamen tevoorschijn maar probeerde niet meteen het vlees te verwijderen; de stank was te hevig. Ik deed alles wat de jongenssoldaten wilden. Soms behandelde ik hen 's avonds met ouderwetse huismiddeltjes. Sommigen misten hun moeder. Ik deed alles wat ze vroegen. Al mijn kinderen, neven en nichten zijn gedood. Mijn broers en zussen zijn bij een grote boom in Phnom Penh gedood.

Chan kende iedereen bij jou in de straat toen je opgroeide. Ze zei: Ik bereidde hun medicijnen en deelde mijn eten met hen. Ik luisterde door de ramen vaak naar het gezang van Serey. De kleine Sokha was Sereys schaduw. Hij liet Sokha klusjes voor hem opknappen, en Sokha was er zo op gebrand het hem naar de zin te maken, dat we daar altijd om moesten lachen. Zijn vader had grootse plannen voor hen.

Ze zei: De ochtend dat Serey naar Montreal vertrok waren de ogen van zijn moeder zon en wolken. Ze wilde niet dat hij zo ver weg ging.

Ik vroeg: Hebt u toen alles voorbij was Sokha nog weleens gezien?

Chan schudde haar hoofd. Al mijn kinderen zijn verdwenen. Ze keek naar de overkant van de kapotte weg en zei: Onder Sihanouk begroette men elkaar met: Hoeveel kinderen hebt u? Onder Lon Nol zei men: Maakt u het goed? Onder de Rode Khmer: Hoeveel krijgt u bij uw coöperatie te eten? Nu zeggen we: Hoeveel van uw familieleden leven nog?

Ik pakte haar hand en dacht aan de keer dat je me in bed bekende dat je zou willen dat Chan verdwenen was in plaats van je ouders.

Alsof ze mijn gedachten kon horen zei Chan: Ik heb hier niets meer. Ik kan hier niets meer doen. De oude monniken zeiden vaak: Op een dag zal het oorlog zijn; dan komen de demonen en stijgt het bloed naar de maag van de olifant.

De gepijnigden blijven gepijnigd. Stel je eens voor wat men moest doen nadat de lijken geruimd waren. Stel je de stank voor die beklijft.

31

Will, ik moet weten wat hij elke dag doet. Wat is er met je hand gebeurd?

Hij tilde net een kan ijsthee op om mijn glas vol te schenken. We zaten in de FCC aan een lage tafel onder een grote ventilator. Will strekte zijn gezwollen vingers en bestudeerde het vlees. Hij zei: Betrokken geraakt bij een knokpartij.

Hij zette de kan neer en viste er met zijn andere hand twee ijsblokjes uit. Hij liet er een in mijn glas vallen en een in het zijne, en na lang nadenken zei hij: Als iemand iets voor je geheimhoudt, is dat meestal uit schaamte.

Ik keek toe hoe het ijs smolt.

Hij zei: Stel je eens voor hoe het voelt om ergens vandaan te komen waar de toeristenattracties bestaan uit vitrines met schedels. In Angkor Wat zei een man tegen me: Zou u willen dat de schedel van uw moeder tentoongesteld werd aan vreemden? Welk land stelt er nu schedels tentoon? Wat heeft het voor nut om het verleden op te rakelen? Het werkt alleen maar wraakgevoelens in de hand.

Ik keek naar het heldere ochtendlicht op Wills gezicht en zei: Maar ervoor zorgen dat men er niet meer ongestraft mee wegkomt is geen wraak. Dat is een roep om gerechtigheid.

Will zei: Dat is buitenlanderpraat.

O ja? Kun je me zeggen hoe men zich voelt nadat jij op het toneel bent verschenen en bent gaan graven?

Will staarde naar mijn gezicht, maar hij zag me niet. Mijn ijsblokje loste op in de thee.

Verdoofd, zei hij.

Hij ging verzitten en zei: Niemand praat over de stank, ontbinding en vertering van later. Er tollen groene zwermen vliegen rond, die massaal op gebroken glas en kapotte muren neerstrijken, door kieren kruipen, afschuwelijk zoemen bij zonsopgang. Maden zijn zo dik als mannenvingers. Ratten zijn tonrond van het mensenvlees. Het laatste wat er 's nachts beweegt zijn de sterren en hier en daar wat ongedierte. De mensen zijn verdoofd.

Maar ze moeten verder. Er rijden vrachtwagens rond met buitenlandse opschriften: UNICEF, OXFAM, CROIX ROUGE. Er werd rijst aangevoerd uit Kompong Som, en Vietnamese soldaten zaten gehurkt langs de weg een sigaret te roken. Er gingen geruchten. Men zei: Pol Pot heeft zijn eigen vader gearresteerd wegens het eten van een stukje suikerpalm en hem tewerkgesteld in een mijnenveld, waar hij opgeblazen is. Men zei: Misschien komt Pol Pot wel terug. Hij leeft nog en is bij de Thaise grens een nieuw leger aan het samenstellen. De bruggen waren verdwenen. De wegen waren weggebombardeerd. Overal heerste hongersnood, overal probeerde men lopend naar huis terug te gaan. Het enige wat iedereen wilde was thuis zien te komen. Er zijn twee miljoen mensen gestorven. Denk je eens in: je loopt thuis door je straat en elke zevende bewoner is dood.

Hij keek me aan en zei: Denk je eens in wanneer men voor het eerst weer oprecht lacht. Denk je eens in wanneer de ogen voor het eerst weer stralen.

We keken naar twee Australiërs die na binnenkomst hun rugzakken naast de bar op de grond lieten vallen en een biertje bestelden. Ik zei: Ik begrijp niet waarom je nu nog telt.

Will zei: Aanvankelijk deed men eigenlijk maar wat. Lijkentellers openden een massagraf, maten de omtrek en de diepte, berekenden hoeveel lichamen van gemiddelde grootte erin zouden passen en maakten een schatting. Ze wisten niet dat er sprake is van zwellen, invallen en ontsnappende gassen. Hoe lang de lichamen er hadden gelegen kon alleen ruwweg worden geschat. Er waren zoveel massagraven, Kampong Speu, Prey Veng, Kampong Cham. Nu is de telling accurater: driehonderdnegen massagraven, zeven terreinen met elk dertig- tot zeventigduizend lichamen, zevenentwintig terreinen met tienduizend lichamen of meer, honderdvijfentwintig terreinen met duizend lichamen of meer. Ze bevinden zich in tempels, op schoolpleinen en in het oerwoud. Wat is de betekenis van die getallen? vraag ik me weleens af.

Hij bestudeerde mijn gezicht.

Ik wist het niet. Ik stelde me het schoolplein voor in de buurt van mijn vaders huis. Ik probeerde me voor te stellen dat daar duizend lichamen lagen, of zeventigduizend. Ik probeerde me voor te stellen hoe het was om in een massagraf voor dood te worden achtergelaten onder het lichaam van mijn vader, of dat van Berthe.

Will rechtte zijn rug en zei: Toen ik hier kwam waren de graven aangetast. Varkens, honden, wilde dieren, plundering, overstroming. Plattelanders waren op zoek gegaan naar het goud dat stedelingen volgens hen hadden meegenomen in het graf. De botten waren verspreid geraakt. Of men had ze verzameld en in stoepa's gestopt, of men had ze weer met aarde bedekt. Het is moeilijk om aan goede informatie te komen. Mijn team is naar het dorp Laa geweest en ontmoette daar een plattelandsvrouw die allerlei kwalen kon genezen. Ze zei dat ze nooit iets van het moorden had gezien. Maar toen ze tijdens het regime van Pol Pot op een dag stiekem terugging om een blik te werpen op haar huis, ontdekte ze dat haar put vol lijken zat. Ze bedekte alles met aarde en toen er een eind was gekomen aan het moorden verhuisde ze. Ze plantte een kokosboom op de put, maar die viel om doordat de grond werkte. Er lagen te veel lichamen onder. Ze bleef de put met aarde en vuilnis vullen tot de gassen eindelijk verdwenen waren, de wormen hun werk hadden gedaan en de grond tot rust was gekomen. Toen plantte ze een papaja. Ze zei dat ze boze dromen kreeg als ze de doden vergat te eren. Volgens haar man was ze voor haar toewijding beloond, want ze had al twee keer de nummers van winnende loten gedroomd. Ik vroeg of ons team de lichamen in de put mocht tellen, maar ze zei: Daar wil ik even over nadenken.

Oude geheimen brengen een mens in moeilijkheden. Ze vertelde ons niet dat haar man de put al in was geweest om goud te zoeken en alleen maar een paar gouden tanden had bemachtigd. De tolk liet ons weten dat er volgens de man zevenentwintig schedels lagen. Toen we de volgende ochtend terugkwamen brandde de oude vrouw wierookstokjes boven de put, en ze vertelde dat de slachtoffers in haar dromen waren verschenen en de opgraving goedkeurden.

Ze zei: Geef me alsjeblieft wat geld om de monniken gebeden over de put te laten uitspreken.

Het hoofd van ons team zei: We betalen de monniken zelf wel.

Will leunde achterover en zei: Verdomme. Ze moesten de putten dempen en het land opnieuw beplanten, anders zouden ze omkomen van de honger. Alles eet al het overige op. In Kampong Cham eet men al generaties lang ingewanden, kikkers, spinnen en vispuree. Hier gaan de buitenlanders al generaties lang naar restaurant Deauville om pâté de foie gras te eten.

Hij glimlachte en hief zijn handen: Niemand staat erbij stil dat al dit voedsel zich boven aan een voedselketen bevindt die met mensenvlees is bemest. We moeten nu eenmaal eten.

Ik gooide een verfrommeld servet naar hem toe en zei: Ik wil nog steeds weten wat Serey doet als hij zegt dat hij naar zijn werk gaat. En hij heeft me nooit verteld wat er met zijn familie is gebeurd.

Will boog zich naar voren, legde zijn over elkaar geslagen armen op tafel en zei zacht: Om hem te kennen moet je dit land begrijpen.

De folteraars van Tuol Sleng klaagden over hun lange werkdagen, over vermoeidheid. Ze gaven toe dat het moeilijk was zichzelf te beletten in een driftbui te doden. Maar ze klaagden niet over het geweld. Ze zeiden: Als wij niet doodden, zouden we gedood worden.

Je wilde niet met me mee naar Tuol Sleng, Street 103, de heuvel van de gifboom.

Ik zei: Ik ga toch, ook al kom je niet mee. Maar ik wil er liever samen met jou naartoe.

Je zei: Het heeft geen zin.

Borng samlanh, ga mee. Ik wil weten wat jij weet.

Ik sloeg mijn armen om je heen. Je liet me begaan en zei: Je ruikt zo lekker.

Tuol Sleng is schrijnend.

Het is niet moeilijk voor te stellen hoe van dit museum binnen een uur weer een vernietigingscentrum zou kunnen worden gemaakt. Alles is in de oorspronkelijke staat gelaten. Geblakerde muren. Met bloed bevlekte vloeren. Metalen bedden, boeien, elektriciteitsdraden. Een vat water om een hoofd in onder te dompelen. Je loopt over de graven op de binnenplaats voordat je beseft waar je overheen loopt. Er zijn handgeschreven bordjes, uit betonblokken opgetrokken kamertjes, muren met foto's en glazen vitrines met schedels. Schilderijen van de martelingen: vingernagels die worden uitgetrokken, mannen die vastgeketend aan hun enkels in rijen op de grond van de klaslokalen liggen, gevangenen die worden afgeranseld en in piepkleine cellen worden achtergelaten. De ogen van degenen wier namen zijn verdwenen, staren je vanaf de muren aan. Voor hun ziel is niet gebeden, omdat familieleden die dat hadden kunnen doen, dood zijn. Vijfduizend foto's van de doden van Tuol Sleng. Elke foto verzet zich tegen anonimiteit. Jongen nummer 17. Hij heeft geen overhemd aan en ze hebben zijn nummer met een veiligheidsspeld aan zijn huid vastgemaakt. Een kleine vrouw in een zwarte bloes waarop het nummer 17-5-78 is vastgespeld staart in de camera, en onder aan de foto klemt het handje van een kind zich aan haar rechtermouw vast.

Verdriet verandert van vorm maar houdt niet op.

Het was een warme dag en je voorhoofd was klam. Je zei: Toen ik net terug was ben ik hiernaartoe gegaan om te zien of er foto's bij zaten van mensen die ik kende. Tiens hele familie is verdwenen. Ik heb nooit iemand kunnen vinden die weet wat er met hen is gebeurd. De eerste maanden schreef men de naam van degenen die men herkende op de foto's. Ik heb geen enkele foto gevonden waarop ik iets kon schrijven.

In Tuol Sleng word je uitgenodigd te staren. Je wordt uitgenodigd je voor te stellen dat je iemand doodknuppelt, je voor te stellen dat je elektriciteitsdraden aan genitalia bevestigt, of een baby bij zijn enkels uit de armen van zijn gillende moeder rukt en zijn hoofdje stukslaat tegen een boom.

Ik verstijfde van dit mensbeeld. Ik stond naast jou en je was zo ver weg dat ik je niet kon aanraken. In Tuol Sleng kan men folteraar of gefolterde zijn, kan men zich een zuiveringssysteem voorstellen.

De Rode Khmer zei: Je kunt beter onschuldigen doden dan één verrader in leven laten. Dat is de kern van Zuiverheid.

Toen ik dit schreef droomde ik dat er een oude vrouw naar me toe kwam, die zei: Help me in het duister te zien. In de droom wierp ik tegen: Hoe dan?

Zie het kind.

Ze heeft een krachtige kaak, maar haar ogen zijn kinder-

ogen. Kijk diep in haar ogen. Dit is een lichaam dat kwetsbaar is gemaakt. Dit meisje is beschikbaar voor verwonding. Ze heeft niet eens een nummer. Ze was niet eens een
nummer waard. Dit is oorlog. Dit is het duister. Dit kind
werd ook vermoord in Tuol Sleng.

33

Slechts zeven gevangenen overleefden het.

We gingen op de binnenplaats in de zon zitten om uit te rusten en deze dag weer te voelen. Ik streelde je hand, en je liet me begaan.

Het was zo'n lieflijke dag. Buiten de muren verkochten venters noten en ijs vanaf hun fiets. Er werden klokken geluid voor een boeddhistische bruiloft. Twee taxichauffeurs waren aan het stoeien bij de hekken; de anderen stonden ginnegappend en lachend om hen heen. De een tilde de ander ondersteboven op, en daarbij scheurde diens broek ver open. Ze wierpen allemaal een blik over hun schouder om te zien of er iemand keek, en toen ik met mijn hand mijn glimlach bedekte, renden ze weg. We hoorden hen achter de muren brullen van het lachen.

Vann Nath was een van de zeven die het overleefden. Hij werd uitverkoren om portretten en borstbeelden van Pol Pot te maken. Als er een beeld brak en hij opnieuw moest beginnen, begroef hij de brokstukken zorgvuldig, om niet oneerbiedig over te komen. Als hij de huid van Pol Pot schilderde, tamponneerde hij heel zachtjes, om niet oneerbiedig over te komen. Toen alles voorbij was begon hij de martelingen te schilderen, de schilderijen van Tuol Sleng.

Als ik aan Tuol Sleng denk, hoor ik Bachs passiemuziek, het dreunende ritme van *Todesfuge* en het gezang van een ontsteld koor in *Antigone*. Ik hoor een stem smartelijk uitroepen: Is dit een mens? Menselijke wreedheid omgezet in een muzieknoot, het ritme van een zin. De mens heeft hier een woord voor verzonnen. Men noemt het 'subliem'.

Verafschuw me niet omdat ik zoiets zeg, borng samlanh. Vind me niet verdorven. Ik heb je ogen als razenden heen en weer zien schieten onder je oogleden toen je sliep, ik heb woede en berusting met elkaar zien strijden onder je huid. Borng samlanh, laat mij een poosje voor je zoeken. Verafschuw me niet omdat ik het in Tuol Sleng over het sublieme heb gehad. Verafschuw me niet omdat ik je naam, Serey, in het ritme van mijn woorden wil beitelen.

Toen ik die dag in Tuol Sleng naast je op de bank in de zon zat, zei ik: We moeten zeggen wat we voelen, niet wat we horen te zeggen.

Jij zei: Ik voel niets.

34

Onze baby groeide. Op de Russische markt vond ik stof, een theepot, blauwe borden, nieuwe eetstokjes en een mand om een wiegje van te maken.

's Ochtends bracht je me koffie uit de Vietnamese bakkerij en at je rijstepap met me, maar we vreeën niet langer nóg een keer voordat je vertrok. Ik vond je donkere ogen 's ochtends zo mooi.

Mensen laten hun hele leven van alles achterwege. En stilte verandert in leugens.

Luister dan nu naar mijn schaamtevolle gefluister. Naarmate onze baby groeide, werd ik je nachtmerries beu. Nu wou ik dat ik je dit had opgebiecht, borng samlanh. Ik zwierf door je stad, oefende je taal, praatte met Sopheap, Chan en Mau, droomde ervan weer les te geven, droomde van een toekomst. Op een dag legde ik Chans hand op mijn buik om haar het geschop van onze baby te laten voelen. Roerloos zat ze met haar ervaren, oude vingers te luisteren.

Ze zei: Een vrouw heeft de steun van een andere vrouw nodig om zich bewust te worden van haar kracht. Ik zal een nieuw soort thee voor je zetten. Het duurt niet lang meer voordat je zult bevallen.

Chans handen hadden lijken voortgesleept. Het vlees van de lichamen gestroopt. Maar ik verlangde naar de troost die ze konden bieden. Stof is stof is stof. Botten wurmen zich elk regenseizoen naar het aardoppervlak. Ik wilde me laven aan vreugde, als de stralende goden.

Tegenover jouw gesloten deuren wilde ik niet toegeven dat je verdriet en stilzwijgen deel zouden uitmaken van ons kind. Ik probeerde te doen alsof we iets nieuws konden maken. De ochtend van Pchum Ben zei ik: Laten we naar de tempel gaan om offergaven aan te bieden voor mijn moeder en voor jouw moeder, vader en broer. In de koelte achter de gesloten luiken legde ik je hand op mijn buik, en voor het eerst voelde je onze baby in me bewegen. Ik sloeg je verwondering gade. Je haar was los en je ogen straalden. Je was zo mooi. Toen de baby niet meer schopte ging je achterover liggen en zei: Samlanh, ik zal met je meegaan naar de tempel om offergaven aan te bieden voor onze ouders, maar we kunnen geen offergave aanbieden voor mijn broer. Hij heeft het overleefd.

35

Je trof hem aan bij je vroegere voordeur. Je twijfelde.
Sokha, ben jij het? Leef je nog?
Je was een vreemde voor hem.
Sokha, ik ben het, je broer. Sokha? Mak? Pa?
Toen je Mak zei, herkende hij je, maar hij kon nog niet
spreken. Je had je armen al om hem heen geslagen en fluisterde: Onze oma? Onze grootouders in Sras Srang?
Je voelde zijn magere vingers op je rug en zijn nee schud-
dende hoofd tegen je hals. Je zei: Ik heb nog nooit een lijf in
mijn armen gehad dat zo aanvoelde. Hij was vel over been,
maar zijn hart bonkte krachtig tegen het mijne. En ik wilde
hem nooit meer loslaten.

Sokha was lopend uit Battambang gekomen en had onderweg stapels lijken zien liggen. Hij luisterde naar het onophoudelijke gezoem van de vliegen die over grotesk opge-
zwollen lichamen kropen. De blauwe hemel of de zwoegen-
de bloesem zag hij niet meer, hij zag alleen deinende lagen
maden op mensenvlees. Telkens wanneer hij een nieuwe stapel lijken zag, rende hij weg, maar de ontbindingsstank van
de doden bleef in zijn neusgaten hangen. Hij schrok van
geuren.
    In heel Cambodja schrikken mensen van sigarettenrook,
rottend afval en benzine, geuren die doen denken aan die
van marteling, lijken en bommen. Stank laat hen opveren
van schrik, zoals men elders van plotselinge geluiden
schrikt. Dit wordt *rumseew* genoemd: dat wat het hoofd
doet tollen. De mensen hebben last van een stijve nek doordat ze krampachtig hun hoofd naar allerlei geuren toe
draaien. Ze hebben last van duizeligheid en misselijkheid,

en deze ongemakken bestempelen ze als een zwak hart.

Je zei: Mijn broer kon de geur van sudderend vlees niet verdragen.

Maar de stad probeerde weer overeind te krabbelen. Bij het paleis en de rivier verschenen weer levensmiddelenverkopers die kapotte karretjes voortduwden, en bestuurders van fietstaxi's bevestigden oude fietsen aan elkaar. Men ontdekte opnieuw het genot van het spreken. Langzamerhand legde men de vermomming af die men had gebruikt om te overleven. Er waren mensen die zich niet konden blootgeven: de martelaars, de gevangenisbewaarders, de soldaten. Zij beleefden geen vreugde aan taal. Deugd is terreur, terreur deugd. Zonder leuzen bleken ze sprakeloos te zijn.

36

Lang geleden had ik in de gele slaapkamer met uitzicht op Bleury Street gretig naar de vrolijke verhalen over je kindertijd geluisterd.

Op nieuwjaarsdag verliet je familie gewoonlijk Phnom Penh om over de rivier naar de tempels te gaan en de ouders van je vader in Sras Srang te bezoeken. Je liet samen met Leap en de andere dorpskinderen zelfgemaakte vliegers op langs de oever van het meer. Je kraste boodschappen in de rotsen. Uit de tempels klonk het gekwetter van apen en je zei dat er overal geesten waren: *neak ta, sramay*. En dan was er het verhaal van de openluchtbioscoop. Maar ik geloof dat het je grootouders waren die ernaartoe gingen, niet jij. De reizende bioscoop deed het dorp aan met films uit China en Rusland. Er werd een laken opgehangen naast de *wat* en gezinnen namen zelf een mat mee.

Je opa had voor Lon Nol gevochten en een ivoren boeddha laten innaaien onder de huid van zijn enkel. Jij en Sokha mochten door de plooien van zijn oude huid heen de harde bobbel aanraken. Hij had je verteld over een korte film waarmee de voorstelling altijd begon. In die film werd een geblinddoekte rebel getoond vlak voor zonsopgang. Twaalf soldaten van Sihanouk hieven hun geweer en schoten op hem. Eén soldaat schoot met losse flodders, zodat niemand wist wie de dodelijke schoten loste. Deze korte film werd elk jaar voorafgaand aan de hoofdfilm gedraaid. De geblinddoekte rebel stierf telkens weer; jaar in jaar uit schokte zijn hoofd, spatte er bloed op de grond en zakte hij door zijn knieën.

Je ging in je blootje rechtop in bed zitten als je dit vertelde. Je hief je armen alsof je een geweer afschoot. Je legde je armen achter je rug alsof je de rebel was. Je viel dood neer en dan sprong ik op je om je weer tot leven te wekken. Vóór mij speelde je broer dit spelletje met je.

Jij was altijd de eerste. De eerste die een vlieger opliet, naar school ging, een instrument bespeelde, naar het buitenland ging. Sokha deed zijn best op school en je moeder prees hem. Maar je vader zei tegen hem: Ben je net zo voorlijk als je broer?

Jouw leven en dat van Sokha was één enkel beekje dat zich rond een rots in tweeën splitste, waarbij het ene deel over een afgrond in het niets tuimelde en het andere wegkronkelde over de aarde.

Toen de oorlog dichterbij kwam, drong je moeder er wanhopig op aan Sokha naar Montreal te sturen, maar je vader zei: Nee! Hoe kan Serey nu tegelijk zijn studie afmaken en voor zijn jongere broer zorgen?

Sokha vertelde je: Ik deed alsof ik niet kon lezen. Onze leiders zeiden: Om de aarde op de juiste manier te ontginnen hoef je niet te kunnen lezen en schrijven. Angka is juist, stralend en geweldig. Ik werd ondergebracht bij een *kang chhlop*-groep om te spioneren. We verborgen ons onder de vloer van paalwoningen, luisterden af en brachten verslag uit. Ik was blij dat ik geen ouders had over wie ik verslag moest uitbrengen. Angka zei: Jullie brigade is de hoop van de natie. We zeiden hem na: Wij zijn de hoop van de natie. We zongen: *Wij kinderen hebben het geluk de rest van ons leven in waardevolle eensgezindheid door te brengen, onder de liefhebbende zorg van de Kampucheaanse Revolutie, onmetelijk, glashelder en schitterend.*

Hun woorden werden hem ingeprent. Sokha moest zinnen nazeggen die jij nog nooit had gehoord: Leef of sterf voor de grootsheid van de Revolutie. Verdrijf alle vijanden.

Wie waren de vijanden?

Degenen die een vreemde taal spraken. Degenen die musiceerden. Degenen die lazen en studeerden. Stedelingen. Monniken.

Sokha vertelde je dat hij op een keer een boodschap van zijn eenheid naar de *wat* achter zijn kamp bracht. Op de binnenplaats was een vrouw vastgebonden, naakt tot aan haar middel, net buiten bereik van haar baby die om haar borst huilde. Het kind was niet sterk genoeg om rechtop te zitten en ze kon zich niet ver genoeg naar hem toe buigen om hem te zogen. De vrouw fluisterde tegen Sokha: Help mijn baby.

Een soldaat riep: Loop door! Maak je geen zorgen om haar. Ze zal binnenkort naar de berg geroepen worden.

De eerste stap van de revolutie is zelfbeheersing.

Er was geen radio, geen nieuws van buiten het bos. Het gedrag van de soldaten was maatgevend.

Je zei tegen me: Terwijl Sokha dat allemaal overkwam, speelde ik in een band en vree ik met een zestienjarig meisje.

Angka maakt geen fouten.

Sokha had heel lang niet in een kamer met een deur en een dak geslapen. Je gaf hem een tandenborstel en daar moest hij opnieuw mee leren omgaan. Hij moest opnieuw leren glimlachen, met zijn lippen, met zijn ogen. Hij werd in verleiding gebracht door vergeten geuren: schone regen, schone huid. Maar in zijn neusgaten stonk de lucht naar lijken, brandend haar en diarree. Eelt op zijn ziel.

Je kunt beter een onschuldige doden dan een vijand in leven laten.

Ik beschouw jouw lange stilte zoals ik oorlog beschouw: een drang om te veroveren. Stilte was voor jou een middel om je territorium te bewaken, terwijl je jezelf wijsmaakte dat je mij beschermde. Ik bevond me buiten de muur, een prikkelend, vreemd land dat bezet kon worden. Ik vroeg me af welke andere geheimen je bewaarde. Onze vermisten waren overal, onweerstaanbaar, als we wakker waren, als we sliepen, een reden voor geweld, een reden voor vergeving. Ze vernietigden de vrede die we probeerden te handhaven, ze kropen tussen ons in als we droomden en lieten ons achter met de kwellende wetenschap dat het verleden niet wordt goedgemaakt door vrede of oorlog, maar alleen tot slijtens toe bevingerd aan onze kinderen wordt nagelaten. Maar ik kon je niet verlaten, ik kon niet vergeten en ik wist niet wat ik moest doen, en altijd had ik je grenzeloos lief.

De eerste dag van de evacuatie van Phnom Penh kwam je familie niet verder dan een halve kilometer van huis, zo druk was het. Toen het avond werd kon Sokha nog steeds jullie voordeur zien, en hij smeekte je vader hem terug te laten rennen zodat hij in zijn eigen bed kon slapen. Je vader legde zijn hand op Sokha's mond en zei: We gaan naar Sras Srang, dan kun je in het huis van je grootouders slapen. Sokha viel naast je oma op de achterbank van de auto in slaap. Bij zonsopgang vorderden soldaten de auto en iedereen stapte uit, behalve je oma. Een soldaat beval je vader hem de autosleutel te geven, en je vader zei: *Bawng*, laat ons de auto houden om de moeder van mijn vrouw te vervoeren. Ze is oud.

De soldaat wierp een blik in de auto, zei: Ze is Vietnamees, en schoot haar dood. Je moeder gilde en stak haar armen naar haar uit, waarop de soldaat ook haar doodschoot. Je vader greep Sokha beet, fluisterde: Sta niet op, ook al roepen ze je, en wierp hem in een met hoog gras begroeide greppel. De soldaten schreeuwden tegen je vader: Waar is de jongen? en je vader wees naar de overkant van de weg. De soldaten schoten je vader dood en renden in de richting die hij had aangewezen. Sokha bleef de hele dag in het gras liggen, luisterend naar het geluid van mensenvoeten die over de weg schuifelden en schreeuwende soldaten, en 's avonds kroop hij de greppel uit. Hij was tien jaar. De hele stad trok te voet weg en hij liep een tijdje achter een ander gezin aan en deed alsof hij bij hen hoorde.

Toen je me dit verhaal had verteld keek je uit het raam en zei: Ik heb al die jaren in Montreal nadat de grenzen waren dichtgegaan over mijn ouders gedroomd. Maar ze zijn op de eerste dag al gestorven. Ik heb al die jaren over de doden gedroomd.

Ik sliep de diepe slaap van zwangeren. Je liet je hand over mijn huid glijden en legde je oor op mijn buik. Je zei met je zachte stem: Beweegt het?

Dit moment is vandaag, of morgen. Nu de baby bewoog wilde ik papa bellen, hem zeggen dat er een kleinkind op komst was, zijn stem horen, vergeving vragen, vergeving schenken. Maar ik stelde het uit en dacht: morgen, ik bel hem morgen wel.

Ik droomde dat ik een baby een kousenbandslang probeerde te voeren. Ik vroeg je de slang te doden en je ranselde hem met een stok, maar toen de baby het beest weer in zijn mond wilde stoppen, leefde het nog.

Ik werd wakker en keek naar het vroege licht dat de talloze klanken van de stad en de hongerige kreten van kinderen meebracht, die de verhalen van deze plek nog niet kenden. Ik wilde mijn baby alles geven. Jouw vader wilde jou alles geven. Mijn vader wilde mij alles geven, behalve degene van wie ik hield.

De kinderen werden bij hun ouders weggehaald en in kinderploegen ondergebracht. Hun leiders stuurden hen naar bed met de woorden: Slaap alsof je dood bent.

Sommige kinderen vergaten gereedschap op te bergen of stalen voedsel. Elke avond werden er kringbijeenkomsten gehouden waarin ze alles moesten opbiechten.

De leiders zeiden: Jonge kameraden, we zullen de dag overdenken en onze fouten herstellen. Zo reinigen we ons van vergissingen die de revolutie in de weg staan.

Een van de jongens biechtte op dat hij na de lunch in slaap was gevallen en als gevolg van zijn luiheid de rotan roede op de barak niet had vervangen.

De leider keek hem met gefronste wenkbrauwen aan, maar er was geen gevaar omdat de jongen nog steeds een flinke werker was. Daarna wees de leider naar de volgende jongen in de kring en die zei: Ik heb de voorraadbarak vandaag niet opgeruimd. De leider zei: Gehoorzaam Angka. Angka kiest alleen degenen uit die nooit moe zijn.

Sokha zei: Op een dag had ik niets te melden. Ik had de hele dag hard gewerkt. Ik had maar een halve kroes rijst gegeten. Ik moest iets bedenken, en daarom wees ik naar een van de zwakste jongens tegenover me in de kring en zei: Ik heb Heng een antirevolutionair lied horen zingen.

De ogen van de leider werden hard, maar hij zei niets en stuurde de jongens naar bed.

Een paar nachten later werd Heng uit zijn barak getrokken. Toen de kinderen de volgende dag bij zonsopgang rijst aan het planten waren, kwamen er twee soldaten langs die de lichaamsdelen van een jongen in het padieveld gooiden waar ze bezig waren.

Mest, zeiden de soldaten.

Sokha leunde achterover en deed zijn ogen dicht. Zijn droge lippen gingen uiteen en hij zong met zijn nog altijd lieflijke stem:

Wij kinderen houden oneindig veel van Angka.
Luisterrijk is het licht van revolutie, gelijkheid en vrijheid.
O, Angka, we houden zielsveel van u.
We besluiten uw rode weg te volgen.

41

De rode, groene en goudgele vliegers die boven de rivier vlogen eerden de windgeest, Preah Peay, en spoorden de winden aan om de regentijd te brengen. In het verleden werden de vliegers moeder-babyvlieger genoemd, maar nu heetten ze *khleng ek*, omdat er een zoemer aan vastzat die kreunde en gierde als hij door de wind in trilling werd gebracht, terwijl de vlieger boogs- en spiraalsgewijs door de lucht tolde. De vliegers zelf waren grote ovalen die bevestigd waren aan kleinere vliegers in de vorm van een tempeldak, en kinderen renden op magere, pezige benen mee terwijl oudere mannen met geduldige handen de vliegertouwen leidden.

We liepen van de vliegerende menigte naar Wat Phnom, waar je met je oma de apen had gevoerd. We kwamen langs voedselstalletjes, over een openluchtmarkt waar illegaal gekopieerde muziekcassettes en videobanden, houtsnijwerk en stoffen werden verkocht, en onder aan de heuvel langs de plek waar je een ritje op een olifant kon maken. Daarna bestegen we de trap naar het eerste terras van de tempel. Twee jonge monniken in oranje gewaad stonden op de trap te roken. We zetten onze tas met water, brood en chocolade neer en gingen met onze rug tegen de muur staan uitrusten. Een groep studenten die bad voor een goede afloop van het examen riep ons lachend toe: Uw tas! Uw tas! Twee apen waren onze picknick aan het gappen. Je sprong zijwaarts, klapte in je handen en jaagde de brutale dieren het donkere bos weer in. Een man met één arm en stompen in plaats van benen en een kind dat ook een arm miste, verschenen geruisloos voor mijn voeten. Ik keek verbaasd omlaag, gaf hun een paar riel uit mijn zak en vroeg hoe ze heetten, maar ze glimlachten alleen en zeiden: Veiligheidspolitie, terwijl ze de schaduw weer in doken.

Op het laatste, kleine terras voor de tempel zat een vogel-vrouw met haar bamboekooitjes met vinkjes, zwaluwen en een ongelukkige wevervogel. Ze zei in het Engels: Wilt u kopen? We liepen haar voorbij, maar een kind met plagerige ogen riep zangerig: U koopt niet, ik verdriet. U koopt niet, ik verdriet. Ik hurkte naast het meisje neer en zei in het Engels: Waar zijn de vogels voor bedoeld? Ze glimlachte. Ze was mooi en over een jaar of twee zou ze niet veilig meer zijn. Ze zei: Voor gebeden.

Ik gaf haar wat riel en zei: Help me er een uitkiezen, maar omdat het meisje dat niet wilde, wees ik maar een grote vink aan op de eerste rij. Haar oma liet de vogel los en we zagen hem aarzelen voordat hij over de tempel heen het bos in vloog. Ik had geen wens of gebed. Het kind zou die avond te eten krijgen. De gebedsvogel zou naar de oude vrouw terugkeren. Jij hield mijn hand vast. Onze baby draaide zich in mijn buik.

Als we om ons heen hadden gekeken, hadden we op de beschaduwde paden misschien wel de voetafdrukken van de Boeddha gezien.

Toen we na het invallen van de duisternis naar huis liepen, bleef je staan luisteren naar een huiveringwekkend gejammer dat uit de hemel kwam, en je wees omhoog en zei: Luister. Dat klinkt als de blues.

Boven ons hoofd en boven de rivier vloog een groepje vliegers: lantaarnvliegers met spookachtige, flikkerende lichtjes en khleng eks met zoemers die jammerden en zongen in het duister. Ik voelde iets waar ik geen woord voor had. Ik weifel nog steeds, maar nu zou ik het misschien bidden noemen.

42

Sokha liep weg. Hij werd door twee soldaten in het oerwoud aangetroffen en hij vertelde hun dat hij soldaat wilde worden. Ze schoten in de lach en sleurden hem mee naar een kamp op een kleine open plek, met een paar primitieve verhogingen om op te slapen, een kookvuur en een voorraadbarak. De leider van de eenheid liet zijn ogen over de jongen glijden en beval de soldaten hem vast te binden. Omdat zijn voeten te klein waren voor hun beenkluisters, legden ze hem vast aan een touw om zijn hals. Ze lieten hem de hele dag in de zon zitten en toen de avond viel werd hij losgemaakt door twee soldaten, een die een kleine bijl bij zich had en een die niets bij zich had. Ze voerden hem mee naar een dichter begroeid deel van het oerwoud. Sokha verwachtte dat hij gedood zou worden toen ze een kleine open plek bereikten waar een geknielde man zat, die met zijn handen geboeid op zijn rug aan een staak in de grond was vastgebonden. Zodra hij de soldaten zag, smeekte hij: Maak me niet dood, maak me niet dood. Zonder een woord te zeggen hief een van de soldaten de kleine bijl en liet de scherpe kant ervan in de borst van de man zinken. De man kreunde en viel om. De twee soldaten keken Sokha aan en lachten. Ze stonken naar rijstwhisky.

Sokha probeerde te overleven, meer niet, zei je. Je ogen waren donker en droog.

Ze maakten de borst van de man open en de oudere man stak zijn handen erin en zei: De een zijn lever is de ander zijn eten.

Ze legden de lever op een oude boomstronk en gingen op hun hurken zitten om een vuurtje aan te leggen. Ze dronken nog wat en nadat ze met een bamboestok in de lever hadden geprikt, sneden ze hem in plakken en braadden die. Het bloed uit het lijk verspreidde zo'n penetrante geur dat Sokha moest braken. Hij was bang dat ze hem daarom zouden doden, maar ze zeiden dat ze zijn trouw aan Angka op de proef stelden en aten de lever op en gaven hem er ook wat van. Daarna mocht hij mee om soldaat te worden.

De schaamte uit jouw gloeiende ogen verschroeide me. Ik streelde mijn boller wordende buik en probeerde onze baby te beschermen.

Drie jaar. Acht maanden. Eenentwintig dagen. De Vietnamezen vielen Cambodja binnen en Pol Pot vluchtte naar een
oerwoudkamp in het noorden, bij de Thaise grens. Hongersnood. Mensen die te voet onderweg waren. Mensen die
op zoek waren naar wie ook maar in leven was gebleven.
Mensen die naar huis probeerden te gaan.

Sommige soldaten vluchtten naar het oerwoud, naar Pailin en de grenzen. Sommige leiders begonnen aan de wederopbouw door nog twintig jaar te blijven schermutselen,
waarbij ze houtsnijwerk uit de tempels, edelstenen en timmerhout ruilden voor wapens, en voedsel aten dat ze van
vluchtelingen hadden gestolen. Sommige soldaten begroe-
ven hun uniform en keerden terug naar hun dorp. Sommigen verscholen zich bij missionarissen en werden christen.
Sommigen probeerden zich te verschuilen tussen de helft
van alle overlevenden van het land in kampen langs de
grens. Leiders dreigden met een terugkeer naar de chaos
van Pol Pot en afscheiding van de oostelijke provincies. In
oerwoudkampen krioelde het van de jonge mannen die
geen andere levenswijze kenden dan oorlog, en rusteloos af-
wachtten.

De avond dat Sokha vertrok had je hem drie dagen niet gezien. Hij kwam met rode ogen en stinkend naar rijstwijn binnen.

Ik ga terug naar het leger in Pailin.

Ga nog niet. Niet zo gauw. Blijf nog wat langer.

Sokha hield je de wijnfles voor en nadat je een slokje had genomen, sloeg hij de rest achterover. Hij zei: Je hebt ons niet geholpen.

De geur van zwavel en ontbinding omhulde hem als een verborgen huid. Je gaf hem de foto van jullie gezin en hij wreef met zijn duim over de onderrand. Je zei: Broertje, wat kon ik doen?

Sokha liet de foto op de grond vallen en zei: Als ik niet gehoorzaamde, zou ik sterven.

En hoe zit het dan met de mensen die wél stierven?

Dat waren bijkomende slachtoffers. Als ik niet doodde, zou ik gedood worden. Ik ben als iemand die een ongeval heeft gehad.

Sokha bleef roerloos staan en je zei: Hoe kon je aan zulk lijden gewend raken? Ga niet naar hen terug.

Met een uitdrukkingsloos gezicht zei Sokha: De partij noemde ons het hart van de natie. De partij zei dat er nooit iemand per ongeluk werd gearresteerd.

Zelfs de kinderen niet? Dacht je daar dan zelf nooit over na?

Sokha zei: We moesten van de partij nazeggen: Dit is de vijand, en dan zei ik na: Dit is de vijand.

Je zei: Blijf bij mij. Je was nog maar een kind. Je hoeft niet meer te vechten.

Ik heb hier niets te doen. Ik vind het prettig bij de soldaten.

Kom bij me inwonen. Ga naar school.

Alle leraren zijn dood. Je weet nergens van. Je was er niet.

Hij liet zijn fles op de grond vallen en sloeg zijn handen voor zijn ogen.

Je zei tegen mij: Hij kon de gang van zaken niet verkroppen. Hij haatte me.

Waar is hij nu?

Hij is naar het noorden van het land gegaan.

We zouden hem moeten opsporen.

Oan samlanh, ik heb jarenlang niets van hem gehoord. Ik heb hem één keer gezien. Toen liep hij met regeringssoldaten over straat. Hij was langer, zijn gezicht was ouder en leek op dat van mijn moeder. Ik riep hem, en hij keek naar me en wendde zich af. Kun je je voorstellen hoe dat was? Toen ik hier terugkwam had ik jou verloren en dan vind ik Sokha en die verlies ik ook.

Waarom denk je dat hij je haat?

Je wendde je ogen af en zei: Ik heb onze ouders niet zien sterven. Ik sprak Engels. Ik liet hem vroeger mijn klusjes opknappen. Ik was de oudste. Ik heb nooit iemand gedood. Onze vader heeft hem niet zoals mij naar het buitenland gestuurd. Misschien heeft hij me altijd wel gehaat.

Je dacht dat Sokha je haatte, maar ik denk dat je je daarin vergiste. De haat die broers voor elkaar koesteren is een verdraaid net van twijfel, jaloezie en verdrongen liefde. Je wist het niet, maar Sokha hield je in de gaten. Hij wist wie je ontmoette, en hij gaf Will een met rode inkt geschreven brief waarin hij je maande voorzichtig te zijn, weg te gaan.

Je naam stond op hun lijsten.

Je nam foto's van lijken en regelde van alles voor de oppositie, probeerde informatie naar een onverschillige westerse wereld te smokkelen. Ik wist dat niet, maar Will wel en de regering ook.

Ik dacht alleen aan onze baby. Ik at wat ik wilde, ik sliep wanneer ik moe was. Mijn gewrichten waren soepel. Als mijn lichaam om iets vroeg, dan gaf ik dat. Die zwangerschap was zo eenvoudig. Ik strekte mijn armen naar je uit, zei: Ik verlang naar je, en jij vertrouwde mijn lichaam ook.

Ik droomde over de geur van warme katoen. Ik stelde me voor dat mijn moeder haar hand op mijn buik zou hebben gedrukt om mijn baby te voelen, dat ze mijn huid met geparfumeerde crèmes zou hebben ingesmeerd. Ik stelde me voor hoe het zou zijn geweest om haar te vragen hoe zij zich had gevoeld toen ik in haar buik zat, of om bij haar te zitten terwijl ik de baby de borst gaf.

Elke avond las je de hoofdartikelen waarin werd gewaarschuwd geen oppositie te voeren tegen de regering, waarin met geweld werd gedreigd. Er werd van alles in de doofpot gestopt. Twee VN-medewerkers die op de rivieroever een lijk probeerden mee te nemen werden geschorst. Je gooide de krant walgend neer.

Ik vroeg: Als er een proces, een waarheidscommissie zou komen, denk je dat het land dan verder zou kunnen?

Je zei geïrriteerd: Als de leiders niet veranderd zijn, is het onze plicht hen te berechten, niet hen te vergeven. Op leugens en geweld kunnen we ons niet verlaten. Zouden jullie dat in Montreal hebben geaccepteerd?

De verkiezingsstrijd laaide op. Allemaal zagen we vrachtwagens vol jonge soldaten met hun AK-47-geweren door Phnom Penh rijden. Allemaal wisten we dat er op de wegen buiten de stad 's avonds bandieten waren, verpauperde soldaten die wegversperringen oprichtten en het buitenlanders beletten de dorpen in te gaan. Will wist dat ze het gemunt hadden op mensen als jij, die voor de oppositie werkten. Toen ik hem later verweet dat hij dat voor me had achtergehouden, zei hij schouderophalend: Ik bemoei me nooit met geliefden.

45

Ik zie nóg een stofdeeltje in een zonnestraal bij je wang zweven terwijl je sliep.

Op eerste kerstdag reden we naar de tempel in Udong langs de weg naar Tonle Bati. Ik dacht aan de kerstvieringen met papa: hoe we op kerstavond altijd de ster van mijn moeder als piek op de kerstboom zetten, hoe we op kerstochtend altijd de berg beklommen en baantje gleden over Beaver Lake en in de namiddag altijd bij Berthe ouderwets gans gingen eten. Papa kocht voor het kersttoetje altijd *pebber nodders*, met kaneel en kardemom bereide boterkoekjes, en *krasekagers*, en die diende Berthe op bij haar *Bûche de Noël* en suikertaartjes. Ik stuurde papa een brief zonder retouradres waarin ik hem zalig kerstfeest wenste en meedeelde dat er een baby op komst was. Ik overwoog hem die dag te bellen, maar ik deed het niet. Ik zou het niet kunnen verdragen zijn stem te horen.

Toen je moeder in verwachting was van Sokha, namen je ouders je mee naar Udong. Voor de tempel stond een *pinpeat*-orkestje waarvan elk lid blind was of een ledemaat miste. Eenvoudige ritmes van de *samphor*, de trommel, bespeeld door een jonge man met open, nietsziende ogen, kleine vingercimbalen bespeeld door een beenloze man met boze groeven tussen zijn wenkbrauwen, twee bamboe *roneat* bespeeld door oudere mannen, die wiegend over de lange xylofoons gebogen stonden. Deze muziek klonk zo natuurlijk als de wind in de bomen. Je haalde munten uit je zak en gooide ze op een lap die voor het orkest lag. Dit waren doormidden gehakte levens: de tijd voordat ze op de landmijn stapten en de tijd daarna.

We liepen de tempel in en je voerde me mee naar een basreliëf van een man en een vrouw die een buiging maakten voor een vroedvrouw.

Waarom draagt ze een doos op haar hoofd?

In die doos zit de nageboorte, zei je. Ze moet die op haar hoofd dragen omdat ze de vroedvrouw niet genoeg respect heeft betoond.

Blij toe dat ik geen vroedvrouw heb, zei ik.

Dat weet ik. Je komt hier niet vandaan.

Had je moeder een vroedvrouw?

Nee. Ze waren modern. Mijn vader wilde dat ze naar een ziekenhuis ging.

Dan houden we ons dus aan de familietraditie, als we geen vroedvrouw hebben.

Je sloeg je arm om mijn middel en zei met je zachte, warme stem: Traditie doet er niet meer toe. We kunnen alles op onze manier doen, want ze zijn allemaal dood.

Je waagde je leven, en het mijne en dat van onze baby, maar je vertelde me niet waar je mee bezig was en je kon je er niet toe zetten ermee op te houden.

En mij kan het niet meer schelen.

Ik hou van de prettige melancholie van de zwangerschap, terwijl je vurig maar ook kwetsbaar afwacht. Ik liep vaak naar de markt en als Mau er was bracht ik hem frisdrank en ging ik naast hem onder de gele franjes van zijn tuktuk zitten. Op een dag keken we toe hoe een jongetje ansichtkaarten probeerde te verkopen aan een Europese toerist op leren schoenen. De jongen liep achter de dikke man aan en stak hem de kaarten toe. De man nam een kaart, bekeek die en gaf hem nee schuddend terug. De jongen bleef achter hem aan lopen. De man wendde zich drie keer af en ten slotte stak hij zijn hand in zijn zak en gaf hij het kind een paar verfrommelde riel om van hem af te zijn. De jongen gooide het geld boos op de grond en zei in het Engels: Ik bedel niet. Ik drijf handel. Ik wil naar school.

Ik wierp een blik op Mau, maar die deed alsof hij niets had gezien.

Mau, heb jij kinderen?

Twee zonen, borng srei.

Hoe oud zijn ze?

De oudste is negen en de jongste vijf. Mijn vrouw brengt hen elke dag naar school. We moeten oppassen dat ze niet ontvoerd worden.

Ontvoerd?

Voor losgeld, zei hij. Maar er klonk ook trots in door, omdat het betekende dat hij geld had.

Waarom ben je naar Phnom Penh gekomen?

Ik kom uit Kep, en de familie van mijn vrouw uit Ang Tasom. Na de oorlog zijn we hiernaartoe getrokken om werk te zoeken.

Zijn gezicht werd strak. Geen vragen meer.

Ik ging verzitten om mijn rug te ontlasten en keek naar de mensen die uit blikken doosjes of gevouwen papier hun middagmaal aten. Ik zei: Ga je vanavond samen met je gezin mee naar een Yike-voorstelling?

Mau was verheugd en zei: Borng srei, ik moet nu aan het werk. Ik kom je straks wel ophalen.

Hij kwam vroeg in de avond, zijn zonen gekleed in een schoon wit overhemd. Zijn vrouw Ary glimlachte naar me en zei: Ik geen Engels, en duwde haar oudste zoon Nuon naar voren. De jongen zei in het Engels: Aangenaam kennis met u te maken, waarop zijn broertje Voy zonder aansporing naar voren kwam en in het Engels zei: Ik ben uw vriend.

Mau zei: Misschien kun je hun meer Engels leren als ze wat ouder zijn.

Je stapte soepel samen met de jongens in de tuktuk en trok een touwtje uit je zak om je bekende trucje te doen. Ary zat naast mij op het bankje tegenover dat van jullie. We reden langs het paleis en verlieten de lange, beschaduwde laan via de poort van de Koninklijke Universiteit. De muren zaten vol kogelgaten. Mau liet een chauffeur die hij kende tegen betaling op zijn tuktuk passen. Je ging ons voor over een verbrokkeld pad, niet naar een theater maar naar een grote studio waar danseressen aan het oefenen waren. We bleven voor de open deur staan toekijken hoe een oude vrouw een groepje jonge meisjes traditionele hofdansen bijbracht. De jonge, blootsvoetse danseressen doken ineen en verhieven zich op krachtige dijen, en oefenden hun armen, handen, hoofd en ogen in eeuwenoude bewegingen die bijna verloren waren gegaan. De oude vrouw gleed tussen hen door, waarbij ze hier en daar een hand pakte om die bij de pols naar achteren te buigen, vingers in de juiste houding bracht, zacht corrigeerde, geen genoegen nam met half werk. Ze was klein en droeg een eenvoudige bloes en een effen *sampot* rond haar oudevrouwenmiddel. Ze liep met snelle, energieke stapjes, door de knieën buigend, terwijl haar armen meedeinden en haar handen zich als rozen openden en sloten. Je zei: Em Theay heeft als kind in het paleis gewoond en was een van de favorieten van de koningin. Ze geeft dagelijks urenlang les, om ervoor te zorgen dat de dansen behouden blijven.

Haar grijze haar was sober naar achteren getrokken onder een stoffen haarband, en als ze een beweging voordeed richtte haar hartvormige gezicht zich op naar de hemel en werden de diepe rimpels in haar oude gezicht glad. Dan verhieven haar armen zich enigszins van naar beneden getrokken schouders, strekten haar vingers zich achterwaarts, duimen in tegenovergestelde richting, en wiegden haar handen op haar polsen als bloemblaadjes op een stengel.

We verlieten de danseressen en liepen over de campus naar het podium, waar de Yike-spelers al in een halve kring het lied van Toeup Sodachan zaten te zingen. Ary liet haar zonen plaatsnemen en beloofde hun dat de *devada* gauw zou komen. Samen keken we naar het oude toneelstuk dat ooit bij *wats* en rijstvelden werd opgevoerd, het verhaal van een devadagodin die gedwongen werd in menselijke gedaante naar de aarde te komen. Ze werd veroordeeld tot het dienen van een slaaf van wie ze een bloem had gestolen. Het devadameisje hielp de slaaf zijn vrijheid te verkrijgen en we keken met ingehouden adem toe hoe ze elkaar voor het eerst hun liefde bekenden en hoe hun kind werd geboren, en daarna keken we woedend en verdrietig toe hoe de devada te horen kreeg dat ze haar aardse gezin moest verlaten omdat haar verbanning uit de hemel voorbij was. Je pakte mijn hand en streelde die terwijl het treurende stel afscheid nam, hun kind in de armen van de man. De man barstte in gezang uit, waarbij hij de hemel vroeg wat voor een goddelijke gerechtigheid het was die een moeder van een kind scheidde. Je fluisterde tegen mij: Ik heb Sin Sisa-mouth deze partij ooit horen zingen.

Borng samlanh, onze baby wentelde zich in mijn buik ter-wijl ik naar de speler keek die daar in zijn eentje op het to-neel de hemel zijn smart stond toe te zingen, en deze herin-neringen zijn doorweven met de ogen van Tuol Sleng, met beelden van baby's die door soldaten bij hun moeder wor-den weggerukt, beelden van baby's die omhoog worden ge-gooid en in de lucht worden doodgeschoten. Ik vroeg me af hoe het zover was gekomen dat ik telkens dit soort dingen voor me zag. Ik keek naar het publiek om me heen en zag sommigen hun tranen wegvegen. De kleine Voy was in slaap gevallen, en Mau nam hem in zijn armen en we liepen terug naar de tuktuk, gevolgd door Ary, die in het avond-donker Nuons hand vasthield. Mau reed ons door de onver-lichte straten naar huis, langs het paleis waar de vleermui-zen al in zwarte zwermen waren uitgevlogen om zich te voe-den. Toen ik afscheid nam, zei hij zacht: Borng srei, mijn vrouw zal je helpen wanneer je baby komt.

Toen we de trap op liepen naar je kamer zei je: Ik ben al die jaren nooit meer naar het theater geweest. Ik ging er vroeger altijd met mijn familie naartoe.

Ik zei: Laten we Sokha gaan zoeken als de baby geboren is.

Ik denk dat hij niet gevonden wil worden. Hij is eigenlijk geen broer meer.

Ik zei: Borng samlanh, families schenken vergiffenis en pakken de draad weer op, en zijn er in soorten en maten. Hij is alles wat je hebt.

Maar je maakte je er met je innemende glimlach geksche-rend af: Ja, samlanh, en nu ben jij mijn familie en je bent zo dik als een olifant. Misschien zitten er wel twee daarbinnen.

49

Het warme, droge seizoen was aangebroken en in de weekenden reden we de stad uit, over de steeds smaller wordende weg naar Kien Svay. In voedselstalletjes werden verse grapefruits en broodvruchten verkocht. IJsverkopers staken lotusvormige traktaties op bamboestokjes omhoog. De venters lachten, trokken hun wenkbrauwen op en keken elkaar aan als ze me Khmer hoorden praten. Een boerenmeisje zei: Uit welke provincie komt u?

Een oude vrouw schold een jonge man uit die met zijn bromfiets te dicht langs haar stalletje reed. Voorbij het bord naar Koki zagen we gevlochten hutten die zich op palen boven het water verhieven, waar stedelingen in de koele briesjes aan het picknicken waren. Ik had die dag geen zin gehad om weg te gaan, ik had het te warm en voelde me niet lekker. Maar jij zei: Kom, de koelte op de rivier zal je goeddoen. We kochten gebakken rivierkreeft en fruit en knoopten die in een doek. We huurden een rivierhut en betaalden om ons ernaartoe te laten roeien. Overal zat men op gehuurde rivierterrassen te eten, te kaarten en te praten. We scheurden de schalen van de kreeft en gooiden ze in het water. Jij at altijd langzaam, alsof er te veel eten was. Ik schilde wat fruit met mijn zakmes en legde het op een stuk papier. Ik schoof heen en weer op mijn mat en ging uiteindelijk op mijn zij naar de hemel liggen kijken. Ik kreeg het steeds warmer en mijn lichaam deed pijn, en ik zei: Misschien kunnen we beter teruggaan.

Je keek over het water alsof je me niet had gehoord en zei: Toen ik je leerde kennen, had ik geen last van familiedruk. Ik bepaalde zelf hoe ik me kleedde, wat ik at en wanneer ik sliep. Ik bepaalde zelf welke muziek ik speelde. Ik droomde ervan naar huis terug te gaan. Maar ik trad niet langer in de voetstappen van mijn voorvaderen. Ik werd een nieuw mens. Ik dacht: door afstand te doen van alles wat je als je ik beschouwt, vind je een ik. Maar dat veranderde toen ik hier terugkwam. Ik denk voortdurend aan wat ik heb verloren. Je streelde de harde ronding van mijn buik en zei: Mijn oma gaf me de raad: Jaag het verleden niet na. Verdwaal niet in de toekomst.

Ik drukte je hand op onze bewegende baby en zei: We blijven degenen die we verliezen altijd missen.

Je keek over de rivier en zei: Een mens raakt aan alles gewend. Ik hou van je, Anne.

Die avond knielde ik voorovergebogen en met gespreide benen op het bed neer en gaf ik me over aan je liefde. Mijn lichaam was het jouwe. Ik vertrouwde je. Toen we weer naast elkaar lagen, voelde ik nog de afdruk van je handen op mijn borsten, de dikte van jou die probeerde je opnieuw geboren te laten worden tussen mijn benen. Ik deed onrustige hazenslaapjes en voelde de baby onmiskenbaar in me draaien. Ik was nog steeds niet lekker en transpireerde.

Je lag wakker en toen ik je hand pakte zei je: Men zegt dat de ziel van de doden gaat dolen als de monniken niet bij de lichamen bidden. Maar volgens mij gaat de ziel van de levenden dolen als hun doden vermist zijn.

Er trok een felle pijn door mijn gewrichten. Ik gaf een kneepje in je arm en zei: Zou je me een slokje water kunnen geven? Ik gloei.

50

Je hebt afschuwelijke koortsen en een met misselijkheid ge-
paard gaande vermoeidheid die alleen in de tropen voorko-
men, een apathie die me dromen bracht waarin ik verdronk
in kristalhelder water: schone, koude, noordelijke meren
die zich borrelend boven mijn hoofd sloten terwijl ik op de
bodem naar het wateroppervlak lag te kijken maar me niet
kon bewegen. Ik wist dat ik zou verdrinken als ik niet overeind kwam, maar in de dromen maakte ik me daar niet druk
om. De ergste pijn zat achter mijn ogen en mijn neus. Mijn
tandvlees bloedde, mijn knieën en schouders waren pijnlijk
en ik lag te rillen in de hitte alsof ik doodvroor. Op de derde
dag verschenen er eilandjes van uitslag over mijn hele lichaam en je wikkelde me in dekens en hield lepels water bij
mijn lippen. Ten slotte zei je op de vijfde dag: Ik moet een
dokter zien te vinden. Er waren zo weinig dokters. Je bracht
me in het zijspan van de motor naar Calmette Hospital. We
reden langs open vrachtwagens met soldaten die je de nek
toekeerde. De dokter onderzocht me en fronste zijn wenkbrauwen. Dit is dengue, zei hij, knokkelkoorts, infectie. Ze
legden me op een lange ziekenzaal omdat ik zwanger was en
ik raakte buiten bewustzijn alsof ik een shock had, en toen
ik twee dagen later weer bij bewustzijn kwam, zat jij naast
me en beluisterde de dokter met een stethoscoop mijn buik.
Die avond week de koorts eindelijk en je voerde me een heldere soep en de dokter kwam terug. Hij sprak op de neutra-
le toon van iemand die belast is met het overbrengen van
slecht nieuws. Ik wilde hem afranselen met een bamboestok. Ik wilde hem laten sidderen en kruipen, hem om zíjn
leven laten smeken. Ik wilde nee nee nee schreeuwen, de tijd
terugdraaien. Je hing mijn van zweet doordrenkte lakens te

drogen. Je bevochtigde mijn lippen met een doek en kamde mijn haar. Je legde je hand op mijn buik en ik gaf schoorvoetend toe dat het daarbinnen ongewoon stil was. Hoeveel dagen had onze baby niet bewogen toen ik door de koorts geveld was? Ik probeerde mezelf wijs te maken dat de dokter het bij het verkeerde eind had. Als onze baby dood was, zou ik het liefst samen met hem sterven, en toen de dokter me zei dat men de weeën de volgende ochtend zou opwekken, dat ik het kind dood ter wereld zou brengen, deed ik alsof het niet waar was, alsof men zich vergiste. Ik wilde dat mijn baby leefde, ik wilde samen met jou ver weg zijn, ik wilde van alles. Je bracht me soep en zei: Ik ga iets te eten halen en ben zo terug.

Will nam je mee naar een van de biertuinen op de oostelijke oever van de rivier. Ik ging nooit naar die gelegenheden, waar meisjes gekleed waren in het gekleurde uniform van Stella Artois, Beck's of Carlsberg, waar dronken mannen onder snoeren gekleurde lampjes zaten en meisjes aan de achteloze klopjes en kneepjes van mannenhanden ontglipten met de woorden: Proef mijn bier eens, oom, en hun oor naar mannenlippen toe brachten om iets extra's af te spreken. Je wilde net weer naar mij teruggaan toen je aan de kant van de weg een geweerschot hoorde.

Iedereen keek met open mond toe hoe een man ineenzakte. Een brommer reed langzaam weg. De man die achterop zat had een geweer in zijn hand. Zo'n honderd meter verderop keerde de brommer om en kwam spoorslags terug. Iedereen zocht een goed heenkomen, maar Will bleef en knielde in een plas bloed bij de man neer, zonder naar de brommer te kijken. De moordenaars namen niet de moeite zich achter een zonnebril of het vizier van een helm te verschuilen. Ze kwamen terug, minderden snelheid en keken nog eens goed om er zeker van te zijn dat ze raak hadden geschoten. Toen wist je het akelig zeker en je zei tegen Will: De bestuurder.

Will deed alsof hij je niet hoorde en zei: Hij leeft nog.

Hij nam het achterhoofd van de man in zijn arm, legde zijn andere hand op de wond en mompelde iets tegen hem. Iemand riep in het Khmer tegen Will: Raak hem niet aan!

Je deed een stap naar Will toe en zei in het Engels: Ga bij hem vandaan.

Will boog zich nog verder voorover, liet zijn handpalm naar het gezicht van de man glijden en zei zonder zijn ogen van hem af te halen: De man is stervende.

Je zag de brommer een derde keer met een boog terugkeren en nu was de kant van de weg verlaten en zwegen de stemmen in de biertuin. Thaise popmuziek uit blikkerige luidsprekers. Snoeren rode, blauwe en groene lampjes boven verlaten tafels. Toen de brommer stopte en stationair draaiend naast de stervende man bleef staan, keek Will op en hij riep boven de herrie van de motor uit: Klootzakken! De bestuurder schreeuwde: *Chohp!* en jij zei in het Khmer tegen hem: Hij begrijpt je niet. Alsjeblieft, Sokha.

Toen zag Sokha je eindelijk, en zijn geschrokken ogen haakten zich in de jouwe. Je boog je langzaam naar Will toe en zei in het Khmer tegen de mannen op de brommer: *Muy soam*, laat de buitenlander met rust, hij begrijpt niet wat je zegt. Ik neem hem wel mee. Zonder onverhoedse bewegingen te maken stak je je hand uit naar Wills schouder en greep je zijn overhemd beet.

Will liet het hoofd van de man al voorzichtig naar de weg zakken en hij stond stram op en veegde zijn bebloede handen aan zijn broek af. Hij is dood, zei hij tegen niemand in het bijzonder.

De man achter op de brommer had nog steeds zijn geweer in de aanslag en Sokha schakelde, liet de motor brullen en reed weg.

Je zei: Kom, we gaan.

Jullie kwamen samen naar het ziekenhuis terug. Je rook naar buitenlucht. Ik zag de vlekken op Wills broek, en ik ging moeizaam rechtop zitten en keek naar jouw wit weggetrokken gezicht. Will zei: Ze schieten op straat mensen neer.

Ik keek naar zijn vuile vingernagels en vroeg: En dat hebben jullie gezien?

Een journalist, zei je.

Will ging op de rand van mijn bed zitten en jij streek het laken bij mijn hand glad, trok de verfrommelde deken strak over mijn gezwollen borsten en zei: Mijn broer vervoerde de schutter.

Sokha?

Het scheelde verdomme maar een haar of hij had me gedood, zei Will.

De huid rond je ogen was gespannen.

Niet waar, zei je. Ze hadden degene op wie ze het gemunt hadden al te pakken. En je trok het onderlaken glad en stopte het netjes en strak in.

Will verschoof en stootte tegen me aan op het bed. Laat hem gauw oprotten, zei hij. Zijn eigen broer.

Ik rook hun zweet. Ik walgde van de opwinding die ik in hun angst bespeurde. Hun gekibbel. Ik dacht bij mezelf: ik zit met een dode baby. Waarom komen ze met zoiets bij me?

Will pakte mijn hand en kneep erin, en toen zag hij me pas. Hij zei: Je hoort te rusten. Waar zijn we mee bezig?

Je had ons je rug toegekeerd en overzag de ziekenzaal, en Will zei: We kunnen beter gaan.

Maar je schudde je hoofd: Ik blijf vannacht hier.

Je gaf Will je sleutels en liep met hem mee de zaal uit en toen je terugkwam ging je naast me op bed zitten. Je pakte mijn hand en stak met zachte stem van wal. Je sprak over Sokha, zijn geschrokken ogen die bikkelhard werden, en je zei: Ik was zo bang. Je vertelde me over de dode man op straat. Je had donkere kringen onder je ogen. Je sprak fluisterend Engels, opdat niemand in de zaal je kon verstaan, je fluisterde zijn naam, vertelde dat hij vernietigend over de regering had geschreven, zei dat je met hem had samengewerkt. Ik keek naar de schaduwen die over je vermoeide gezicht heen vielen, en je zei: Ik heb je sommige dingen niet verteld, Anne. Dat had ik wel moeten doen.

Wat heb je me niet verteld?

Je handen voelden koud aan en je zei: Ik moet nadenken.

Nadenken?

Toe, oan samlanh. Morgen kunnen we praten, als het voorbij is.

Serey, zei ik. Waarom doe je dit? Uitgerekend vanavond?

Maar je haalde alleen je schouders op en wendde je af. Methodisch spoorde je een gerafelde mat op en ging je naast mijn bed op je zij op de grond liggen, en je sliep de diepe slaap van een schuldig man nadat er een besluit is genomen.

Het was een brute, ouderwetse methode met een metalen
curette en algauw was mijn lichaam niets anders dan de ene
na de andere golf kolkende pijn. Breng deze dode foetus ter
wereld. Breng mijn eerste baby ter wereld. De dokter wrik-
te, zwoegde en masseerde me alsof hij me doormidden
scheurde, en ik perste. Hij leidde het hoofdje van mijn baby,
en ik perste. Je probeerde mijn handen vast te houden, maar
mijn vuisten omklemden het bijeengefrommelde, ruwe katoenen laken. Er was alleen nog pijn. Ik in leven, mijn dode
baby eruit. Daartoe wendde de dokter zijn vaardigheden
aan. Je ogen lieten de mijne niet los en in de weerspiegeling
ervan zag ik een wanhopig dier dat in leven probeerde te
blijven. Ik perste en perste en werd overmand door pijn en
probeerde uit alle macht niet in je ogen te verdrinken, en nadat ze de navelstreng hadden doorgeknipt moest ik opnieuw persen om me te bevrijden van de nageboorte, maar
dat is niet het goede woord want die kwam na de dood. Ze
veegden haar schoon en legden haar in jouw armen. Ze was
een gaaf meisje met jouw mond. Ik zag haar in jouw armen,
onze dode dochter, en je hield haar vlak bij me zodat ik haar
kon zien. Ik legde mijn hand om haar wangetje, dat nog
warm was, en daarna zag ik hoe je haar met oneindige gratie aan de verpleegster gaf en je weer naar de vieze troep op
het kraambed toe draaide: bloed, poep, vruchtwater, mij.

Mijn melk kwam op gang en ik huilde om de verrassende,
stekende pijn van het zwellen van mijn borsten, en een verpleegster liet me zien hoe ik de melk in een metalen schaal
kon afkolven. Ze vroeg voorzichtig: Zou ik het voor een andere baby mogen gebruiken? Er is behoefte aan. Ik knikte
huilend en dacht: hoe lang zal ik een andere baby voeden?

Hoe komt de melkproductie tot stilstand? Mijn tranen stolden al vloeiend. Als ik aan die tijd terugdenk, verbaast het me hoe mijn lichaam opkrabbelde, voortging, en mijn ziel achterliet.

Ze bonden mijn borsten in en hielpen me op de been omdat ze mijn bed nodig hadden. Je ondertekende papieren en we mochten onze dode dochter meenemen om haar te laten cremeren in de tempel bij de Globe, en in het zijspan hield ik dat koude, in een wit katoenen doek gewikkelde lijfje in mijn armen. We betaalden vier monniken om gebeden op te zeggen, en terwijl ik bij hen aan mijn baby stond te denken, raakten mijn windsel en bloes doorweekt van de melk. Na afloop van de plechtigheid zei je: Kom, straks ben je weer thuis.

Ik zei: Hoe bedoel je, thuis?

Mijn pijnlijke borsten. De warme wind in het zijspan. Je stopte bij het heiligdom onder de boom bij het onafhankelijkheidsmonument, legde er wat vruchten neer en zei zonder me aan te kijken: Ik werk al een tijdje voor de oppositie, samlanh. Het spijt me dat je er op deze manier achter moest komen. Ik was van plan het je te vertellen. Toen onze ogen elkaar ontmoetten zag ik in de jouwe een licht dat mij niet zocht. Je had een gedreven blik in je ogen die ik herkende, een blik die onverminderd om liefde vraagt, die geen hindernissen duldt, die marchandeert. Je zei: Dit is een gehavend land. Ik zou wel met je willen afreizen, maar ik kan me er niet toe zetten hier weg te gaan. Waar ben ik mee bezig geweest?

Ik duwde je hand weg en zei: Je weet waar je mee bezig bent. Doe nu niet alsof je spijt hebt.

We proberen het opnieuw. Ik zal me beteren. Maak je geen zorgen.

Ik wilde niet zonder je weggaan. Ik wilde niet blijven. Je sloeg je armen om me heen en ik liet je begaan. Je fluisterde me zangerig toe, en ik smolt alweer, luisterend naar de stem waarvan ik hield voor een heiligdom waarin ik niet geloofde, onze eros verstrikt geraakt in verlies en verdriet. Ik vroeg me af wie je was. Gevallen waren we, gevallen.

Mau kwam met Ary naar onze kamer. Ze droeg een eenvoudige wikkelrok en wit katoenen bloes en ze kwam geruisloos lopend binnen, haar blik uitsluitend op mij gericht. Mau bleef aarzelend in de deuropening staan en ik hees mezelf overeind in bed. Ik vroeg: Hoe gaat het met Nuon, en met Voy?

Ary stond al naast mijn bed en zei vriendelijk: Ze zijn erg ondeugend. We hebben speciale thee voor je meegebracht, heel goed voor je.

Mau droeg haar vinnig iets op in een gemompeld, rap Khmer dat ik niet verstond. Ze schonk de thee uit een thermoskan in een kop en zette die op een klein tafeltje naast het bed neer, en nadat Mau iets had gezegd pakte ze de kop op en bracht hem naar mijn lippen. Haar handen waren koel. Ik nam de kop van haar over, waarna ze de kamer veegde en de lakens straktrok. Ze ging met haar rug naar haar man op de rand van het bed zitten, streek mijn haar glad, veegde met een koele doek mijn gezicht af en nam mijn hand in de hare. Haar ogen lieten de mijne niet los en ze zei zacht in het Khmer: Je zult je gauw beter voelen. Je bent te vroeg de rivier overgestoken, maar je zult het opnieuw proberen. Een vrouw is sterk.

Haar ogen omvatten mijn verdriet en haar lichaam vergaarde mijn pijn en verweefde die met haarzelf alsof ze een oud moerasmensje was dat manden vlocht van bies.

Het piepkleine gezichtje van onze dode dochter. Jouw mond. Jouw ogen. Sommige brokstukken zijn uit mijn herinnering verdwenen, maar dat niet.

Het Phnom Penh waar jij verdween was zo corrupt als de pest. Iedereen kon voor twintig dollar een kussensloop vol dope kopen, of een meisje of jongen voor de prijs van een maaltijd. Rechters deden gerechtelijke uitspraken nadat ze een envelop hadden ontvangen. De politie deelde bonnen uit nadat ze steekpenningen had aangenomen.

Pasen, 31 maart. De verkiezingen stonden voor de deur. Vrachtwagens vol gewapende soldaten denderden door de straten. Buitenlanders trokken zich terug in hun appartement of begaven zich naar de vliegvelden. Sommige leiders hadden het over een zogeheten democratie, en buitenlandse ingezetenen met hun fletse huid, hun geld en hun gebrekkige begrip kweelden weer in allerlei talen onbekende woorden als 'vrij' en 'eerlijk'. Er werd gesproken over toezicht houden op de verkiezingen, maar niemand zag de avondlijke dorpsbijeenkomsten, waar de bewoners te horen kregen op wie ze moesten stemmen en waar iedereen die vragen stelde afgeranseld of gedood werd. Buitenlanders zeiden: Hou het oog van de wereld hierop gericht, maar het volk wist dat grenzen en banken dichtgingen, buitenlanders vertrokken, elektriciteitsdraden werden doorgesneden, lijken verdwenen en machtshonger zich als de geur van verrotting verspreidde en iedereen tot gehoorzaamheid dwong. Een man met een geweer kan een kind tot moorden dwingen. Niemand kan mededogen afdwingen. Maar het kan wel uitgeroeid worden.

Paaszondag. Een toespraak tijdens de nationale vergadering.

Gewone mensen kwamen naar de oppositie luisteren. Men toonde uitzonderlijk veel moed door bijeen te komen, te luisteren, zich te laten verleiden door de mogelijkheid van een ander leven. Men liep voor geweren langs. Men stond openlijk op straat bijeen. Tot ergernis van minister-president Hun Sen, turend door zijn ene goede oog. Het was tijd om schoon schip te maken.

Je had het moeten weten. Ik vond je ogen 's ochtends zo mooi. Toen je die ochtend wegging zei je: Tot straks. Waarom was je erbij? Die plek was omgeven door B40-raketwerpers. Het huis van Hun Sen grensde eraan.

Sopheap duwde haar noedelkarretje naar de rand van de menigte. Haar baby sliep in een draagdoek op haar rug en ze had haar peuter aan de hand. Mensen die zich hadden verzameld om naar toespraken te luisteren hadden na afloop altijd honger. Ze kon hier goed verdienen. Sam Rainsy stond op een houten stoel over de toekomst te praten. Hij droeg een pak en een gele stropdas en een man achter zijn stoel begon na elke belangrijke zinsnede als eerste te klappen. De bodyguard stond aan zijn rechterzijde en voor hem dromden zijn volgelingen samen, zwaaiend met licht- en donkerblauwe vlaggen.

Verzet je tegen corruptie, zei Sam Rainsy. Maak een eind aan omkoperij. Maak een eind aan afstraffingen. Schep een beter land voor jullie kinderen.

Sopheap gaf haar dochtertje een stukje suikerriet om op te kauwen, zodat ze zelf naar de leider kon luisteren. Vredig. Opeens: plof. Het middelste deel van de menigte liet zich plat op de grond vallen, maar degenen die het geluid van een pin die uit een granaat wordt getrokken niet herkenden, reageerden niet snel genoeg. Hun lichaam werd vol geraakt door de getande metalen schijven. Granaatscherven sneden voeten af, kerfden zich door kuiten, verbrijzelden knieën.

Vóór de tweede granaat werd Sam Rainsy van zijn stoel gestoten door een bodyguard, die hem dekking gaf en stierf als gevolg van de explosie. Mensen zegen ineen als marionetten met doorgesneden touwtjes.

Plof. Fabrieksarbeiders aan de westelijke kant van de menigte kregen de volle lading.

Plof. Sopheap, haar baby, haar op suikerriet kauwende peuter en straatventers die achter de menigte stonden met hun noedels, sigaretten en broodjes vlogen naast hun versplinterende karretjes de lucht in. Sopheaps baby werd uit haar handen geblazen, haar peuter werd achterover gesmeten, en granaatscherven kerfden zich in Sopheaps borst. Haar noedelkarretje barstte uiteen in handenvol tandenstokers en alles viel in slow motion terug naar de aarde.

De gewonden en doden lagen door elkaar heen, en na de eerste geschokte stilte volgde zacht gekreun. Daarna minuscule bewegingen, een arm, een vinger. Stemmen smeekten om hulp en soldaten met geweren verboden de huilende omstanders iemand aan te raken. De politie zette het gebied met touwen af en haalde de luidsprekers neer. De stervenden kermden: Alstublieft, alstublieft.

Later, veel later, kwamen er een paar ambulances.

De vloeren van het ziekenhuis waren glibberig van het bloed. Arbeiders spoten gangen schoon. Mensen lagen op versleten matten. Ik hoorde hun fluisteringen aan. We luisterden alleen maar naar een toespraak, zeiden ze. Hun lichaam was bezaaid met de huid van anderen. Hun gezicht zat vol snijwonden. Ik trof jou niet aan. Ik trof Sopheap aan. Dood. Haar baby of haar dochtertje vond ik niet terug. De tweede dag ging ik er vroeg in de ochtend opnieuw naartoe. Niets. De derde dag waren de vloeren schoon geschrobd en was iedereen die de paasbijeenkomst had bijgewoond stil of dood. Ik wilde mijn gezicht met as insmeren. Ik zag op straat een jonge man die op jou leek, maar hij droeg legerkleding en had een AK-47 onder zijn arm. Ik wist niet waar ik moest zoeken. Ik ging overal naartoe: politiebureaus, overheidskantoren, de Verenigde Naties, ambassades, consulaten, legerkantoren. Iemand moest het toch weten. Iemand moest het toch zeggen. Ik droomde van bloed en zwijnen in bossen.

Ik heb geld. Waar is hij?

Toen ik verliefd op je werd, versmolt mijn hele wezen met het jouwe – of ik dat nu wilde of niet. Ik vond het heerlijk om samen met je in het donker te zijn, over donkere straten te lopen, altijd op weg naar een of ander provisorisch bed achter een deur die dicht kan. Vanaf het moment dat ik voor het eerst met je vree heb ik nooit een dag beëindigd zonder te wachten tot jij daar was. Wachtend op mij. Voor mijn deur. Op straat. In mijn kamer. Op het station. Een gevoel dat me nooit verliet, niet in de dagen dat we samen waren, niet in de jaren van scheiding. Elke dag haalde ik me je voor de geest, want als ik dat niet deed, zou er geen vreugde meer bestaan. Je kunt niet weg zijn. Wees alsjeblieft niet weg. Niemand kan mijn droefheid stelpen. Ik hou van wat ik niet meer heb.

Ik zocht je in de *wats* van de stad, waar ze lichamen loosden. Ik zag andere lichamen. Nooit het jouwe. Will liep met me mee naar de rivieroever onder het paleis, waar ook weer lichamen tevoorschijn waren gekomen. We troffen een jonge man aan van in de twintig, beroofd van zijn spijkerbroek, door de borst geschoten. Er was sprake van opzwelling en Will zei: Niet kijken, je hoeft dit niet te zien.

Waarom hoef ik het niet te zien, Will? Ik zie elke dag lijken op de voorpagina's van de kranten. Op tv wemelt het van de lijken. Maar ik mag niet kijken naar één man die daar voor me ligt, achtergelaten omdat zijn dierbaren hem niet durven opeisen, omdat ze niet weten waar hij is. Omdat de regering lichamen achterlaat als met rode inkt geschreven briefjes. Leg me maar eens uit waarom ik beter niet kan kijken, Will.

Will zei: Oké, het was maar uit voorzorg.

We verlieten de rivieroever en gingen naar het politiebureau om te melden dat we een lijk hadden gevonden. De dienstdoende agent zei: Hij zal wel een ongeval hebben gehad.

Ik zei: Ik ben op zoek naar iemand anders die bij de bijeenkomst is verdwenen.

Hij staarde me aan en zei: Dat zal niet gaan.

Wilde ik leven, dan moest ik hoop koesteren.

Ik boog me naar zijn oor en zei: *Ik heb geld*. Hij was bij de granaataanval bij het paleis. Wat is er met hem gebeurd?

Er kwam geen enkel teken van jou uit de kolkende zee van bloed.

54

Iedereen had belangen. Geweld onderdrukken. Macht houden. Macht krijgen. Het heeft geen zin om het verleden op te rakelen, zeiden ze. Stel dat de leiders wraak willen nemen, wat dan? Als de verkiezingen niet het gewenste resultaat opleveren voor de leiders, keren we terug naar de tijd van Pol Pot. Dat zei men. Degenen die oppositie hadden gevoerd doken alvast onder of vluchtten. De negentien kranten van de oppositie kwamen geen van alle meer uit. Dit vreemde nieuwe voedsel dat democratie heet smaakte niet zoals men had gedacht. Hoe kun je van eeuwenlang vorsten, bezetting, oorlog en volkerenmoord een democratie maken? Waarom zit deze nieuwe, verse rijst vol kiezels?

Ik stond aan de andere kant van de geschiedenis. Laat een boze man nooit de afwas doen; laat een hongerige man nooit op de rijst passen.

Mijn enige waarde was mijn verlangen. Om jou te vinden.

Mannen versleten me voor gek, koppig, een nul, naïef, een vreemdeling, egoïstisch, dom, een vrouw. Ik wilde wat ik wilde: ik vond dat ik op mijn manier lucide was.

Ik heb geld. Wat is er met hem gebeurd?

Ik heb er het zwijgen toe gedaan in de kloof tussen wetenschap en geheimhouding, tussen de wet en liefde. Het was zo makkelijk voor de staat om me het zwijgen op te leggen, om te zeggen: Je hebt het recht niet. Nu, dertig jaar later, heb ik nog zin om ongelovig uit te roepen: Het recht niet?

Ik heb geld. Waar is hij?

Ik sliep met het licht aan. Ik sliep een uur en dan werd ik wakker en kon ik de slaap niet meer vatten. Ik verkeerde in de staat van uitputting die voortvloeit uit verdriet.

Rottend fruit bij een heiligdom onder een boom. De glinstering van zonlicht op de rivier. Een kind met een baby op haar heup in een deuropening. Ik liep rond zonder te weten waar ik was geweest of hoe lang ik was weggebleven.

Ik heb geld. Waar is hij?

55

Op *Bonn Pchum Ben*, de dag dat de voorouders worden ge-
eerd, hult iedereen zich in schone kleren en gaat naar de tempels om de doden eten te brengen. De zielen van de doden
komen elk jaar terug om eten te halen en mijn dochtertje
had zelfs nog nooit eten geproefd. Ik kocht de beste *bay ben*,
rijstballetjes gevuld met kokosnoot, bonen en sesamzaad,
zodat haar eerste eten verrukkelijk zou smaken. Ik ging naar
de tempel waar ze gecremeerd was en trok bij de deur mijn
schoenen uit. Ik brandde een staafje sandelhoutwierook
voor haar, bracht de monniken mijn voedseloffer, en daarna
knielde ik neer en bad ik voor mijn dochter in de zoet ruikende, kunstmatige duisternis, onder de starende blik van een
boeddha in een oranje gewaad. Er flikkerden honderden
kaarsen in het donker. Ik geloofde niet, maar toch knielde ik
samen met alle anderen neer en keek ik toe hoe de wierook
naar het dak kringelde. Ik had geen zin om weg te gaan. Ik
kon nergens heen. Ik had behoefte aan troost. Ik verlangde
naar het einde van de regentijd. Ik geloofde niet en toch was
ik er. Ik deed mijn ogen dicht, bleef, en bad in het Engels, de
woorden uit mijn kindertijd, omdat ook die god een barm-
hartige god was. Ik bad voor mijn moeder en ik bad dat ik
jou weer zou zien. Toen ik mijn ogen opendeed en mijn
hoofd optilde, merkte ik dat een jonge monnik me nieuws-
gierig gadesloeg, en ik dacht: wat moet ik beginnen?
    Die nacht schrok ik in bed opnieuw wakker uit een ruste-
loze slaap, mijn clitoris stijf, mijn schaamlippen vol en gezwollen. Er zat regen in de lucht. Mijn dierlijke lust trok
aan me in de eenzame duisternis, en ik dacht: dus dan leef ik
deels nog, maar ik kan niet leven als jij dood bent. Ik gaf
mijn lichaam zijn zin terwijl ik daar in mijn eentje lag, en

daarna viel ik zo diep in slaap dat de zon al hoog aan de hemel stond toen ik wakker werd, en mijn lichaam verkwikt was. Ik rekte me uit in de drukkende warmte en was me ervan bewust dat mijn verdriet van vorm veranderde, maar in plaats van opluchting of vreugde voelde ik alleen de leegte van iemand die verder leeft.

De meeste avonden troffen Will en ik elkaar in de FCC om een hapje te eten en hij zei: Je kunt beter geen informatie meer inwinnen. Ik heb de opdracht gekregen je te waarschuwen. Zorg dat je geen aandacht trekt. Ik sta op het punt te vertrekken. Ik wacht alleen nog op mijn ticket. Ga met me mee. Het is aan het rommelen, en opeens kan de vlam in de pan slaan.

Ik streek met mijn vingers door mijn haar, en er liet een grote pluk los.

Iedereen probeerde een voorraadje rijst te begraven, wat geld te verstoppen. Iedereen was aan het kopen en verkopen. De straten werden stil en leeg en niemand wist of het land op instorten stond, of er weer hongersnood dreigde. Men haastte zich met gebogen hoofd naar zijn werk en jakkerde over de markten. De rivier zou spoedig van richting veranderen – zich onstuimig keren en noordwaarts stromen. Tussen de lange grassen en het riet langs de rivieroever gingen lijken schuil; hoeveel vers water er ook kwam, het leek het geweld onmogelijk te kunnen keren.

Een jonge soldaat sloop in de schaduw van een zijstraat naar me toe en fluisterde in mijn oor: Ik weet waar hij is. Hebt u geld?

Ik zei: De helft nu, de helft nadat je het me hebt verteld. Ik vouwde in mijn jaszak een Amerikaans biljet van twintig open, haalde het tevoorschijn en legde het op zijn handpalm. Hij bekeek het biljet en stak het in zijn zak. Hij zei: Ze hebben hem naar Ang Tasom gebracht.

Leeft hij nog?

Meer weet ik niet. Ze hebben hem naar Ang Tasom gebracht.

Spreek je de waarheid?

Hij hield zijn hand weer op. Zijn ogen waren dunne, zwarte messen en ik kon niet uitmaken of ze nu schitterden van boosaardigheid of van angst.

Ik zei: Veel informatie is het niet. Maar ik gaf hem het biljet waar hij recht op meende te hebben en hij verdween weer in de schaduwen.

Ang Tasom

56

Voor zonsopgang ging ik bij Psar Tuol Tom Pong op zoek naar Mau. De chauffeurs die voor de markt op hun brommer of tuktuk zaten, zeiden: Hij is er nog niet.

Ik vroeg hun: Hoe lang is het rijden naar Ang Tasom?

Een jonge man met een goede brommer zei: De weg naar Ang Tasom zit vol gaten: een trage, hobbelige weg. Een vriend van me kan u er met een auto naartoe brengen.

Hoe lang duurt het met de auto?

Een halve dag, borng srei. Niet zo lang. Het is sneller met de auto. Ik kan het voor een zacht prijsje regelen.

Toen Mau kwam, zei ik: Ik wil dat je me helpt hem op te sporen. Ik wil dat je me naar Ang Tasom brengt.

Mau zei: Dit is onverstandig, borng srei. Ook al vind je hem, wat kun je dan doen?

Ik zei: Als ik hem niet vind, hoe kan ik dan leven?

Twee meeluisterende chauffeurs boden zich aan en Mau stond op. Hij zei: Goed, ik zal je erheen brengen. Mijn vrouw heeft daar familie wonen. Ik kan niets beloven, maar ik zal mijn best doen. Ik heb geld nodig voor benzine.

Hij zette me af bij het huis waar Will woonde en ging Ary op de hoogte stellen. Ik rende de trap op naar Wills kamer.

Ik hoorde Will uit bed komen, en met zijn arm half in de mouw van een geel T-shirt deed hij de deur open. Hij zei: Anne, ze zeggen de gekste dingen voor een dollar. Ook al is het waar, men wil hem voorgoed uit de weg hebben.

Hij was blootsvoets, zijn haar zat in de war en hij had vlekken onder zijn ogen.

Je ziet er beroerd uit.

Dank je. Ik was net naar bed gegaan.

Dat zie ik. Ik sta op het punt te vertrekken. Ga mee. Kom, je kunt onderweg wel slapen.

Hoe kom je erbij dat ze je zullen toestaan hem te vinden?

Ik ben hem al op het spoor. Ze hebben het recht niet hem te verbergen.

Niemand heeft hier rechten. Je vindt hem nooit. Het gaat niet lukken.

Het begin is er al.

Anne, in Kep zijn deze week twee toeristen uit de trein gesleurd en doodgeschoten. Allerlei mensen raken vermist. De ambassades willen geen hulp bieden. De banken zijn dicht. Ik ga deze regering niet tergen.

Best. Mij hoor je het niet vragen. Al had je zelf aangeboden mee te gaan, dan zou ik het nog niet willen.

Will keek naar buiten en zag Mau beneden, die het stof van de gele franjes afsloeg. Hij had twee Fanta-flessen extra benzine onder de zitting staan. Will wendde zich tot mij en zei: Waarom Mau? Waarom geen auto met vierwielaandrijving en airco? Waarom geen auto met raampjes die open en dicht kunnen?

Ik zei: Een tuktuk blijft nooit vastzitten. Ik vertrouw Mau. Hij kent de mensen daar.

Will haalde zijn schouders op en zei: Wacht even.

Hij pakte een rugzakje, gooide er een paar flessen water in, zocht zijn schoenen op en knoopte een krama om zijn hals. Hij zei: Soms heb je spijt dat je bepaalde dingen niet hebt gedaan. Ik betwijfel of dit er een van zou zijn.

Mau glimlachte toen hij Will in de tuktuk zag stappen. Hij trok zijn Chicago Cubs-petje naar beneden, schakelde en schoot het voortkruipende verkeer in, langs een met hout volgeladen ossenkar, langs een witte Toyata-bestelwagen. De heen en weer zwaaiende franjes achter Wills hoofd deden denken aan een ouderwetse lampenkap.

Er vloog een gebedsvogel op uit een tempel. Gieren zeilden over de rivieroevers, en boven de kolkende rivier cirkelde een valk. Ik zei tegen Will: We kunnen er binnen een dag zijn. Misschien weet ik vanavond al wat er is gebeurd.

Will zei: Er zijn veel wonderen op de wereld. Maar geen daarvan is zo wonderbaarlijk als een mens.

Op de kade waren twee straatvegers al aan het werk in de ochtendkoelte, kritsj, kritsj; gebogen wezens die een paar riel per dag verdienden, hun strooien bezems als hoeders van eeuwig stof. Een van hen pauzeerde even om onder een boom een offergave te brengen. Waar bad ze om? Tot wie zou ik bidden? Ik geloof in geen enkele god, maar ik brand wierook, schenk de doden en de monniken eten en herhaal oude gebeden. We hoeven het werk niet te voltooien, maar zijn ook niet vrij ermee op te houden. Ik keek naar een stel Birmatortels die op het trottoir aan het pikken waren en hoorde een koekoek roepen in een boom bij de kade.

Het Phnom Penh dat we verlieten was onderworpen. Voormalig leiders verdwenen over de grens, de regering eiste een onbetwiste overwinning, iedereen probeerde belangen, geheimen veilig te stellen, en de wereld keek een andere kant op, zodat het er de schijn van kon hebben dat alles in vrijheid gebeurde, en alle oplossingen nu eenmaal netelig, politiek en gewelddadig waren.

Terwijl we door de straten reden keken we naar de mensen die zich in alle vroegte voorthaastten. Hunkerend. Behoeftig. Overal in Phnom Penh werd men wakker, wreef men zich de ogen uit en maakte men zich op om weer een dag levend door te komen. Door een raam zag ik een vrouw haar baby schoonvegen en een luier omdoen. De oudere kinderen moesten zichzelf redden.

Op de rivier roestige kleine vrachtschepen, vissers die langs de oevers punterden, een politieboot die al voorbij raasde.

Ik bekeek de ontwakende stad en bad dat je nog leefde.

Will tikte op mijn been en wees met zijn ogen naar een jonge vrouw die een zijstraat in liep, haar hand losjes steunend op de arm van een kind. Ik kon haar gezicht niet zien, alleen haar slanke, kaarsrechte rug. Will zei: Daar loopt Sineth. Toen we langsreden draaide ik me om en keek naar de vrouw met de mooie lippen van Ziende Handen, naar haar gezicht zonder ogen of neus, het geëffende, samengeflanste transplantaat, dat zich met littekenvorming strak tegen haar lippen en voorhoofd had vastgezet. Ze had een elegante manier van lopen, en Will zei: Ze gaat naar haar werk. Ik had vandaag eigenlijk afscheid van haar zullen nemen.

Lang geleden, toen Phnom Penh werd ontruimd, de grenzen gesloten werden, herinnerden de mensen zich dingen als de laatste keer dat ze in een bed hadden geslapen, de laatste keer dat ze een dierbare hadden gezien. Er was dat laatste telegram uit Phnom Penh voordat de verbinding met de buitenwereld definitief werd verbroken: IK ALLEEN IN POSTKANTOOR, VERBINDING MET ANDEREN VALT WEG. IK BEEF. DE STRATEN ZO STIL, GEEN SCHUILPLAATS TE VINDEN. MISSCHIEN LAATSTE TELEGRAM VANDAAG EN VOOR ALTIJD.

Kalm als het einde nabij is. Kalm, afkomstig van het woord voor hitte.

57

Het Kathenfeest. Buiten de stad bracht men overal offergaven om verdienste te verwerven. Tafels voor de tempels,
schetterende luidsprekers, opgehouden handen en manden
voor aalmoezen. Monniken bleven tijdens de regentijd in
de kloosters, gehuld in hun oude gewaden, tot de bevolking
op de laatste dag van Kathen nieuwe kleding kwam brengen. Vuil en zuivering. Dood en wedergeboorte. Het natte
en het droge seizoen. Nadat we de woelige rivier waren
overgestoken, vermengde tempelmuziek zich met het stof
van de weg.

Wat ik overheb is zand dat door de smalle opening van een
zandloper stroomt, korrels die vallen, telkens weer vallen,
als een stok die iemand doodslaat, zonder ooit op te houden of te verdwijnen.

Bij de eerste poort van de pagode stapte Mau van zijn tuktuk. Hij liet zijn blik over het pad naar de tempel glijden. Er
verscheen een monnik en Mau gaf hem wat beduimelde riel
uit zijn dunne broekzak. Ik vroeg de *ajah* onze tuktuk en
onze reis te zegenen. Ik bond een krama over mijn neus en
mond tegen het stof, zoals plattelandsvrouwen dat doen.

Vijftien kilometer buiten Phnom Penh: de eerste markt.
Onder de rieten daken van de worststalletjes hingen stren-
gen vlees aan bamboestokken. Uit pannen kokend water
steeg stoom op en in oranje koelboxen gingen flessen gekleurd suikerwater en cola schuil. Voor hongerige reizigers
waren er tafeltjes en keukenstoelen in de schaduw gescho-
ven.

Vierentwintig kilometer verderop: het moeras en de dij-
ken. Mau deed zijn best ons niet in de voren en de modder

terecht te laten komen. Algauw: padievelden met groene rijstplantjes zo ver het oog reikte, plukjes struikgewas en suikerpalmen, blauwe schaduwen van de bergen in het westen. Alleen nog boeren en hun ossen. Will draaide een joint en bood me die aan. Ik staarde naar de padievelden en voelde de warme lucht op mijn tenen. We hobbelden langs magere, blootsvoetse kinderen die niet op school zaten, langs mensen die eten kookten om te verkopen en de bladeren van de *crassula's* bij hun stalletjes schoonveegden. Mijn geest vertraagde en dijde uit tot aan de uitgestrekte velden.

Waarom hebben sommigen een luizenleven en anderen een leven vol verschrikkingen? Welk deel van onszelf veronachtzamen we zodat we kunnen blijven eten terwijl anderen verhongeren? Als er honderdvijftig kilometer verderop vrouwen, kinderen en oude mensen vermoord werden, zouden we dan niet te hulp snellen? Waarom trekken we dit spontane besluit in als de afstand een paar duizend kilometer bedraagt in plaats van een paar honderd? Ik staarde naar de Olifantsbergen in de verte. Ik vond het prettig om onderweg, in beweging, nergens te zijn.

Will leunde met lodderige ogen achterover.

Ik zei: Waaraan meet je tijd af?

Zonder zijn ogen open te doen zei hij: Aan hoe lang het duurt om stoned te worden.

Thuis mat ik tijd altijd af aan het moment dat ik voor het eerst de grasmus hoorde zingen in de lente. Hoe lang duurt het voordat een lijk koud is?

Will fronste zijn wenkbrauwen. Kun je je zelfs niet heel even gewoon ontspannen?

Ik lachte.

Ik was een krijger, een krijger die stoned en slapeloos ten strijde trok. Van plan om omgekomen kameraden terug te vinden. Een krijger zijn is makkelijker dan wachten. Ten strijde trekken is makkelijker dan praten.

Will zei met zijn ogen dicht: Maar een paar uur, meestal korter.

We hossebosten als zaden in een ratelaar.

Ik rolde ter vermaak van Will met één hand een sigaret, stak hem aan en gaf hem naar voren door aan Mau, die knikte zonder zijn ogen van de weg te halen. Het litteken op zijn wang trok zich samen als hij rookte. Wat betekende het voor hem om buitenlanders te vervoeren die een taak ondernamen waaraan hij zelf nooit zou beginnen? In een greppel lag een dode hond te vergaan. Onwetendheid, hunkering, verkeerde opvattingen: ik ben ermee behept. Ik kan me niet losmaken van begeerte. Ik wil weten. Will staarde naar me en ik dacht: ik ben niet mooi meer. Mijn huid is vergeeld als gevolg van doodgeboorte en verdriet, en ik ben een schaduw zonder botten geworden. Ik zei tegen Will: Wat zie je? Hij zei: Dat dit moment voldoende is.

We klapten tegen een grote steen op, vlogen de lucht in en barstten allebei in lachen uit. Door de dope vertraagde de wind.

Ik had mijn hele lichaam voor je geopend. Ik hoorde geen ingespannen gekreun boven me, alleen genot en ontlading. Je hebt een keer gezegd dat mijn liefde je doodswens wegnam, en ik geloofde je.

Mau stopte voor een groepje dorpelingen die de weg overstaken terwijl ze een paalwoning voortduwden. Ze rolden de woning voort op plateaus met vier wielen. Mannen trokken en duwden, touwen over blote schouders, kinderen renden er blootsvoets naast met een stok in hun hand. In een schommelende paalwoning leer je je licht bewegen. Van een vrouw die zich omdraait in haar slaap kan een paalwoning gaan schommelen. Van een jongen die zwaarbeladen de trap beklimt kan een paalwoning gaan schommelen. Zelfs van de wind kan een paalwoning gaan schommelen. Nu schommelde het huis de weg over, voortgeduwd en -getrokken door de dorpsbewoners, als een reizend circus met clowns, afgerichte dieren, acrobaten, vrouwen in felgekleurde jurken en blootsvoetse mannen.

Will?

Ja?

Denk je dat hij nog leeft?

Mag ik het eerlijk zeggen?

Eigenlijk niet.

Ik leunde achterover en voelde de warmte in mijn haar.

Dertig kilometer verderop werd de weg versperd door een stel drie meter hoge Kathenpoppen met een papier-maché hoofd, getuite, glimlachende lippen en ronde ogen. Reusachtige papier-maché handen, bevestigd aan lange, met oranje en groene shirts bedekte stokken, doorkliefden de lucht, om aalmoezen voor de monniken in te zamelen. Het lijf van de poppen was tot aan de enkels bedekt met een lang gewaad, waaronder brede, in sandalen gehulde voeten uitstaken. De poppen liepen wiegend en met uitgestoken handen midden op de weg. Een stuk of wat mensen renden als kippen met de poppen mee en raakten lachend de gewaden ervan aan. Mau wilde om hen heen rijden, maar ze versperden de weg en dwongen ons te stoppen.

De mannelijke pop kwam naar voren en nam het geld in ontvangst dat ik hem gaf. Iedereen lachte. De vrouwelijke pop kwam naast de tuktuk lopen en hield haar hand op voor meer. Will sprong op en riep met een afschuwelijk accent: *Bawng! Bawng srei!* De toeschouwers werden enthousiast. Hij pakte de hand van de pop, sprong de weg op, pakte boven zijn hoofd de andere hand beet en begon te dansen. Kinderen lachten en Will riep in het Engels naar me: Kijk! Ik dans om verdienste te verwerven voor een volgend leven.

Daarna liet hij de hand van de pop los, deinsde met zijn

handen om zijn gezicht achteruit en schreeuwde: Auwww! Mijn tand! Mijn tand!

Hij bewoog kreunend zijn hoofd heen en weer. Hij viel op zijn knieën voor de mannelijke pop neer en smeekte in het Engels: Help me! Help me! Ik heb zo'n kiespijn.

De tenen onder de pop spreidden zich in zijn sandalen. De pop liet zich niet voor de gek houden, en hield zijn hand op voor meer aalmoezen. Iedereen lachte. De vrouwelijke pop knielde met zwaaiend bovenlijf neer en stak beide handen uit om Wills hoofd vast te houden. De toeschouwers slaakten een zucht, en de mannelijke pop zei een nonsensraadseltje op:

Als geen enkele rechter penningen aanpakt
Als elke zaak volgens de wet wordt beslecht
Als geen enkel kind alleen wordt aangetroffen in een
   steeg
Als geen enkele monnik aalmoezen aanneemt van een
   politicus
Als een vrouw uit huis woont
En geen enkele geest onbegraven ronddoolt
Dan zal de wereld in grote verwarring raken
Dan breekt de tijd aan die we nog niet zien
De tijd die wordt voorspeld, de tijd na onze tijd.

Een kind rende op de tuktuk af en legde een heerlijk ruikende, witgele romdoulbloem op mijn hand. Mau riep tegen Will: Kom. We moeten er voor het donker zijn. Terwijl we wegreden, keek ik toe hoe de mensen in het rode stof steeds kleiner werden. Ik zal hen nooit meer zien, dacht ik. Ik zal deze mensen vergeten en zij zullen mij vergeten, de zoveelste *barang* die tijdens hun feest voorbijkomt. Toen ik jong was dacht ik dat ik alles zou onthouden, en nu weet ik dat je van alles verliest in het zand en dat er geen verband bestaat tussen de manier waarop we over het verleden vertellen en de manier waarop we het gebruiken.

Jij was dol op de Kathenpoppen. Je had hun vreemde lied misschien wel uitgelegd. Je kende me toen mijn lach niets verhulde. Als ons iets overkomt, gebeurt dat niet plotseling. Het gebeurt geleidelijk.

Ik bestudeerde de rode aarde. Ik telde de bomen om wakker te blijven: magnoliabomen, mangobomen en paradijsvogelbomen. Toen hield de weg op.

Herinnering is een lichtvlek op een wintermuur. Gisteren kwam ik tijdens het schrijven een verre nicht tegen die ik sinds mijn kindertijd niet had gezien. Ze had mijn vaders mond. Onze dochter had jouw mond.

De reis schoot die ene dag maar niet op. Hobbelend legden we de ene kilometer na de andere af, en toen kwamen we bij de geul waar de weg ophield. Ik stapte uit de tuktuk, struikelde, en liet de bloem vallen die ik in mijn handpalm had fijngedrukt.

De brug was bezweken onder een met cementmix geladen vrachtwagen. Op de bodem van de geul stroomde een riviertje dwars door de cabine. Op de rivieroever lagen her en der zakken cementmix, en mannen waren bezig alles wat nog droog was bij het water vandaan te gooien.

Will rekte zich stijfjes uit, keek naar de kapotte brug en zei: Ik vraag me af waarom ik in vredesnaam aan dit reisje ben begonnen.

Het hoofd van de vrachtwagenchauffeur was omzwachteld met bloederige repen katoen. Omstanders keken met open mond naar hem. Hij liep rondjes. Iemand bood hem drinkwater aan, maar hij schudde zijn hoofd en zei: Mijn vrachtwagen.

Ik zei tegen Will: Het is hier veilig, afgezien van de landmijnen, de gaten in de weg ter grootte van maankraters, de instortende bruggen en het feit dat er mensen verdwijnen.

Mannen met kracht in hun armen en rug sleepten twee lange boomstammen naar de rivier. Ze schoven de stammen naar de plaats van de oude brug, tilden ze op en lieten ze naar de overkant vallen. Anderen sleepten planken aan van de oude brug en begonnen die eroverheen te leggen.

Ik zei tegen Mau: Laten we naar de overkant lopen.

Mau zei: De brug is nog niet klaar. Ze moeten hem eerst vastspijkeren.

Waar zijn de spijkers? Tegen de tijd dat de spijkers er zijn, leven we misschien niet meer. Het wordt straks donker.

Ik pakte de handvatten van Mau's Honda 90 beet en duwde de tuktuk naar de rivieroever.

Mau nam de handvatten van me over en zei: Stop, borng srei. Ik zal hem uit elkaar halen. We doen het in tweeën: eerst het karretje, dan de brommer. Wacht, zuster.

Niets is stil. Alles beweegt. Mijn geest gloeit van een wond die niet heelt en geen littekens achterlaat. De gele franjes zwaaien woest heen en weer. Alle anderen verzamelen zich op de rivieroever om naar de ongeduldige barang te kijken. Als er kinderen komen aanrennen om ons te helpen, roept Mau dat ze moeten ophoepelen. Hij tilt samen met Will het karretje op de brug. Ze bewegen zich beheerst en onafgebroken voort, terwijl ik toekijk en de provisorische brug onder de wielen van het karretje hoor kraken. Wills shirt is nat. Mau's hoofd is iets naar achteren gedraaid en de speldenprik licht in zijn oog is verwijd; als een onwennig paard dat zich concentreert op het bit houdt hij ingespannen zijn karretje in de gaten, zijn dagelijkse rijst, de toekomst van zijn kinderen. Er mag niets met zijn tuktuk gebeuren. Als hij zijn voet op de tegenoverliggende oever zet, loopt het linkervoorwiel vast op een knoest in het hout, en Mau tilt de wielen op en trekt ze naar de wal. Een plank draait omhoog en valt in slow motion in de geul, en Will springt over de open plek en maakt een dansje. Ik sta al met Mau's brommer op de losse planken en Mau roept in het Khmer: Wacht, zuster. De planken glijden weg en Will schreeuwt: Kun je verdomme nou nooit eens even wachten?

Ze blijven op de rand staan toekijken, voorovergebogen in de lucht boven de provisorische brug. Ik loop stapje voor stapje naar voren. Ik ben het gewend een motor met zijspan voort te duwen, maar Mau's brommer helt over. Ik trek de handvatten recht en schuifel naar het gat aan het einde van de brug. Ik zie de weg naar Ang Tasom als een jichtige vinger van de geul afbuigen. Het achterwiel raakt het gat, draait, en blijft steken, waardoor het frame van de brommer kantelt en de hete uitlaatpijp mijn been schroeit. De diepte onder me en de grillige contouren van de rivieroever boezemen me angst in en ik weet nog dat ik dacht dat ik daarbeneden hoorde te zijn omdat de doden daar waren en ik weet nog dat ik mezelf wakker schudde en dacht: ik val niet in een zwart gat langs de weg naar Ang Tasom voordat ik jou heb gevonden. Mau en Will buigen zich als één lichaam naar voren; Mau grijpt het voorwiel en houdt het stevig vast en Will grijpt mijn pols en sleurt me naar de oever. Dan draaien ze zich allebei om, om nog een plank te zien vallen, die zich verticaal in het cement op de bodem boort.

Ik lig lachend en met gespreide armen en benen op de grond. Will buigt zich over de brandwond op mijn been.

Nu zijn we aan de overkant. Waar we willen zijn.

In rijstvelden heb je geen verborgen stromingen; er is niet meer dan wat je ziet. Ik bet de wond op mijn been. Will draait nog een joint, steekt hem aan en geeft hem aan mij. Hij zegt: Tegen de pijn.

Ik heb geen pijn meer.

Een man geeft zijn waterbuffel een tik op de rug.

Ik heb me nog nooit zo levenslustig gevoeld als op de weg naar Ang Tasom. De gele franjes zijn bedekt met rode stof. Mooi.

Als ik samen met jou op het dak van de FCC had gezeten, zou ik een koud biertje bestellen en later een stokbroodje en een espresso. Ik zou je arm aanraken en me vergapen aan mannen die leren schoenen uit verre steden dragen en mooie, hooggehakte jonge meisjes met gestifte lippen bij zich hebben. Ik zou luisteren naar de absurde dingen die men zoal zegt, terwijl ik het komen en gaan van al die mensen gadesla. Ik heb een keer gezien hoe een man geld gaf aan een andere man en in ruil daarvoor een jong meisje ontving. Een journalist achter me zei: Het vrouwtje is er om kinderen mee te maken, maar zo nu en dan heeft een man behoefte aan een dertienjarige.

Will?

Wat is er?

Als hij dood is, wat zou er dan van hem over zijn?

Will trok zijn wenkbrauwen op en zei langzaam: Het hangt ervan af waar het lichaam is achtergelaten. Soms verandert het vetweefsel in lijkenvet, maar het regenseizoen is nu bijna afgelopen, alles gaat in vocht op.

Ik geloof dat ik je ruik.

Op een keer kwam er een vrouw bij de Boeddha met haar dode zoon in haar armen. Ze vroeg hem erbarmen met haar te hebben en haar haar zoon terug te geven. De Boeddha zei dat hij haar wel kon helpen. Maar eerst, zei hij, moet je me een mosterdzaadje brengen van een familie die nog nooit een sterfgeval heeft meegemaakt. De vrouw ging alle huizen langs. Men wilde haar wel helpen, maar iedereen die ze ontmoette had een sterfgeval meegemaakt – een broer, zus, ouder, man, kind. Na lang zoeken keerde ze terug naar de Boeddha.

Hij vroeg: Waar is je zoon?

De vrouw antwoordde: Ik heb hem begraven.

De weg werd ruwer. We gingen hortend en stotend vooruit en ik zag een jonge moeder die gehurkt naast de weg haar avondmaal zat te eten, met haar baby in haar armen. Ik had geen baby om in mijn armen te houden. Wat zou ze doen als er soldaten naar haar toe kwamen en haar baby weggristen? De Boeddha heeft gezegd: In deze wereld zal haat nooit beëindigd worden door haat, maar door liefde. Overwin woede met liefde, overwin het kwade met het goede. Overwin de vrek met vrijgevigheid, overwin de leugenaar met de waarheid.

Heeft een moeder het recht om de man te vergeven die haar kind uit haar armen rukt? Heeft de wees het recht om de moordenaars van zijn ouders te vergeven? Zij weten niet wat zij doen. Wie heeft het recht om zulke dingen te vergeven? Kan ik het hun vergeven dat ze me jou hebben ontnomen? Vergeving is een radicale daad. Mensen houden van wraakverhalen, zelfs diegenen die zweren bij het epos van liefde dat het Nieuwe Testament is.

Ga voorbij aan de gulden regel. Maak de vijand onmenselijk. Maak de vijand uit voor hond, slang, mof, jap, smous, kakkerlak, slet, of meer van dat soort lelijke benamingen. Ruk het kind bij zijn moeder weg en dood hem of maak een soldaat van hem. Verkracht de vrouw en stort superieur zaad uit in haar minder dan menselijke kut.

Mau stopte bij een stalletje langs de weg om zijn tuktuk vol te gooien met benzine uit een van de Fanta-flessen en om een nieuwe fles te kopen van een van de smalle planken waarop keurige stapels Mild Seven, Camel en Marlboro lagen. Will liep rusteloos te ijsberen. Hij pakte een stok en sloeg daarmee een bal van oud papier rond alsof het een golfbal was. In een oogwenk deed een groepje kinderen hem na en stond iedereen te golfen met een stok. Een meisje met een kreupel been had een aardige swing.

Terwijl Mau en ik met een koel drankje aan de kant van de weg zaten uit te rusten, riep Will ons toe: Mag ik het juniorengolfteam van de provincie Takeo aan jullie voorstellen? Dit meisje is steengoed, hè? Als ik een camera had, zou ik foto's maken en die naar Hun Sen opsturen. Weet je dat ene Kevin Burns zijn favoriete speler is?

Mau keek naar de kinderen en sprak voor zich uit, zonder zich naar mij toe te draaien. Hij zei: Je hebt ooit gevraagd wat mij is overkomen. Toen ik jong was bracht ik veel tijd door in de tempel. Ik leerde lezen. Ik vond het leuk om monnik te zijn. Maar mijn familie was arm en ze hadden me nodig. Toen bij ons in de buurt de moordpartijen begonnen, was ik nog met mijn vader aan het vissen. Ik werd uit Kep weggestuurd omdat ik sterk was. Ik werd aan het werk gezet als sjouwer van stenen voor de dammen. Met duizenden tegelijk versjouwden we manden vol stenen.

Hij wees naar het litteken op zijn wang. Hij zei: Dat heb ik opgelopen toen ik op een dag mijn mand liet vallen. Die avond besloot ik dat ik liever tijdens een ontsnappingspoging stierf dan van de honger omkwam. Ik sloop het vrouwenkamp binnen en slaagde erin Ary weg te halen. We vluchtten, verscholen ons en staken de grens met Thailand over. We hebben lang in het kamp in Sa Kaeo gezeten. Tot op het laatst. Mijn vrouw was zwanger. Overal in de vluchtelingenkampen waren de vrouwen zwanger. Maar de Thailanders wilden niet dat we baby's kregen. De Thailanders die in de kampen werkten begonnen vrouwen een anticonceptiemiddel toe te dienen, Depo-Provera, maar de Amerikanen die er werkten zeiden: Weiger het, in Amerika is het verboden.

Toen er Thaise militairen langskwamen om Ary de injectie te geven, waren ui problemen in het kamp. Soldaten van de Rode Khmer probeerden voedsel te stelen voor het leger. Die dag dwongen ze een man blootsvoets in een lege watertank te klauteren. Ze deden het deksel erop, sloten dat af, staken een vuurtje aan onder de ketel en timmerden met een hamer op de bovenkant. De man schreeuwde het daarbinnen uit en iedereen deed alsof hij het niet hoorde, tot er uiteindelijk één Franse man op de soldaten afstapte en net zo lang met hen ruziede en dreigementen uitte tot ze de tank openmaakten. De man was verbrand, halfdood. Ik zocht Ary, en tijdens al dat gescheld en geschreeuw zag ik een soldaat naar haar toe gaan om haar de injectie te geven. Hij sloeg haar, maar smeken deed ze niet. Ze zei: Maak dat je wegkomt. Ik ben onvruchtbaar. Ik ben zo vaak verkracht dat ik onvruchtbaar ben geworden.

De soldaat schaamde zich zo dat hij zich omdraaide en wegliep. Zo probeerde ze onze baby te redden. Tegen de tijd dat iemand erachter kwam, was het te laat.

Mau zweeg even, nipte van zijn drankje en keek toe hoe Will met de kinderen speelde. Hij zei: Ik wilde niet dat mijn kind in een vluchtelingenkamp opgroeide. De Thailanders moesten ons niet en naar het buitenland gaan kon ik wel vergeten. De Rode Khmer bedreigde ons. Ze zongen:

Allen die teruggaan
Slapen eerst in een bed
Daarna op een mat
Vervolgens in de modder
En ten slotte onder de grond.

Na de geboorte van de baby besloten we dat we niet in een kamp wilden blijven, en we keerden te voet terug naar Phnom Penh. Ik weet niet waarom we het hebben overleefd. We liepen vlak langs de lijken en sliepen vlak bij de lijken, omdat de mijnen daar al ontploft waren. Aan de andere kant van de mijnenvelden zaten kinderen van wie je de ribben kon tellen te wachten op ouders die het niet hadden overleefd. We hadden zo'n honger. Onze baby stierf onderweg naar Phnom Penh.

We zaten met nietsziende ogen naast elkaar in de schaduw. Het parfum van de romdoulbloem op mijn handpalm. Alsof we geen reis voor de boeg hadden. Alsof we er al waren. Het einde van iets is beter dan het begin. Ik wist niet wat ik moest zeggen. Door mijn hele lijf voelde ik een pols die niet de mijne was.

Mau zei: Die kinderen, wat weten ze nu van Angka? De rijstvelden doen me aan Angka denken. Als ik over deze lange, rode weg rij, hoor ik hun gezang en geschreeuw. Die geluiden zijn me ingebrand. Ik moet altijd voorzichtig zijn. Ik mag mezelf niet verraden. Jij moet ook voorzichtig zijn, zuster. De leiders hebben een hekel aan lastposten.

Ik kraste met een stokje in de aarde.

Mau stond op en zei: Soms praten zelfs de stenen.

Will riep: Tijd om te vertrekken?

Mau zei zachtjes tegen me: Ik denk nog steeds aan die graatmagere kinderen. Dat je het maar weet, borng srei.

Nadat we als jong stel in Montreal ons laatste geld hadden opgemaakt aan pasfoto's van onszelf uit de fotoautomaat op het station, staken we de straat over en gingen we de Marie-Reine-du-Monde binnen, omdat de wind van de rivier zo snijdend koud was. We drentelden onder het hoge dak door de rook van wierook en kaarsen. Omdat we hand in hand liepen, kwam er een priester op ons af die vroeg of we elkaar in deze heilige omgeving niet wilden aanraken. We bekeken de muurschilderingen waarop te zien was hoe katholieke priesters en nonnen levend verbrand werden. We bestudeerden de gloed van het vuur op de huid van de indianen, en de van woede en pijn vertrokken gezichten van aangevallenen en aanvallers, met hun naar boven gedraaide ogen en verwrongen ledematen. In het schip bleven we staan onder het beeld van een gepijnigde man die aan een kruis hing. Ik hunkerde in deze kerk naar een afbeelding van barmhartigheid. Ik stond naast je zonder je te mogen aanraken, en plotseling welden er tranen op in mijn ogen. Je zei: Je hoeft je niet te schamen. Als ik jou meeneem naar Angkor Wat zul je zien dat er in de muren afbeeldingen zijn gekerfd van mensen die lijden en in de hel vallen, van Yama die mensen de dood in jaagt. Dat soort dingen vind je overal.

Ik doe nu nóg mijn ogen dicht, en weer voel ik de warmte van je handpalm op de mijne en ruik ik de wierook en jou.

Mau draaide zich om terwijl hij vaart minderde: Laatste *wat* vóór Ang Tasom.

Ik liet vanaf de zijkant van de tuktuk wat riel bij de poort van de tempel vallen, maar de briefjes kwamen niet op de tafel tercht en fladderden weg op het briesje. Kinderen die langs de kant van de weg speelden vingen de briefjes op, legden ze op de tafel neer en draaiden zich om om te zwaaien. Brede glimlachen. Het was tenslotte feest. Jouw glimlach.

Getrommel uit Ang Tasom, en het vrolijke rumoer van feestende menigten in de straten. Het was halverwege de middag op een van de laatste dagen van Kathen. Trommelslagers in een gele bloes met rode das en met een rode sjerp om hun hoofd sloegen op langgerekte trommels, die met rode, groene en gouden ruches versierd waren. Ze werden gevolgd door oude vrouwen gekleed in een rode sampot en mannen in een schone sarong, die meedeinend op het ritme onder reusachtige, met kant afgezette, gele parasols liepen, met een mand met voedseloffers op hun hoofd. De Kathenprocessie werd aangevoerd door drie mensen in een gele bloes met rode das en rode sjerp, die stapels opgevouwen, schone saffraangele gewaden droegen, en achter hen kwamen vrouwen en mannen met een hoog oranje, goud en rood hoofddeksel in de vorm van een tempel. Blootsvoetse kinderen renden al klappend en steentjes wegschoppend met de processie mee, in de hoop iets lekkers te krijgen.

Terwijl de processie zich verwijderde in de richting van de tempel wurmden we ons door de markt aan de hoofdstraat: een rij voedselstalletjes en tafels onder een tinnen afdak, bedekt met rood-wit geruit plastic. Stoom die opsteeg uit pannen met kokend water, greppels met vuil water langs de weg. Twee jonge moeders met baby staken hun hoofd om de paal van een stal. Met doffe pijn keek ik toe hoe ze hun baby achteloos verschoven op hun heup. Mau minderde vaart en stopte bij pension Thmor Sor, met zijn openlucht-restaurant aan de voorkant en eenvoudige buiten-wc's aan de achterkant. We stapten uit de tuktuk en rekten ons uit, en Mau zei zacht: Ik ga nu weg om te zien wat ik te weten kan komen. Ik logeer bij de nicht van mijn vrouw en kom jullie morgen weer ophalen. Wacht hier op me.

Will en ik liepen het restaurant in. Hij bestelde meer eten dan we op konden, koud bier en flessenwater, en algauw verdrong zich een kluitje kinderen voor ons tafeltje. Obers brachten schalen noedels, waterspinazie, varkensvlees en een mij onbekende vis. Will omwikkelde op zijn knie een groot stuk vlees en vis met een servet en gaf het eten onop-vallend door aan het grootste meisje van de groep, die het pakketje onder haar bloes liet verdwijnen. De toekijkende obers deden net of ze het niet hadden gezien. Iedereen pro-beerde te overleven. Alstublieft God, Boeddha, ooievaar boven woelig water, alstublieft.

Na het eten zei ik tegen Will: Ik ga iets voor mijn brand-wond kopen. Will knikte en zei: Ik wacht hier wel. Ik ga sla-pen.

Ik liep de weg over, bleef staan bij een stalletje waar een oude vrouw boven de stoom van haar noedelpan gebogen stond, en zei: Ik ben op zoek naar een man die hier zes maanden geleden tijdens de coup naartoe is gebracht. Waar is de gevangenis? Waar brengen de soldaten uit Phnom Penh hun gevangenen naartoe? Ik kan u betalen.

De oude vrouw wendde zich angstig af. Niemand bezigde het woord 'coup'. Granaten werden 'gebeurtenissen' ge-noemd. Ze zei: Ik weet niets.

Overal op de markt stelde ik dezelfde vragen en keken

ogen schichtig opzij om na te gaan wie het zou kunnen horen, wie het zou kunnen zien. Niemand zei iets. Iedereen wendde zich af. Ik kocht een aloëzalf, ging terug naar mijn benauwde kamer en wachtte.

Vlak voor het invallen van de duisternis kwamen er twee agenten naar het hotel. Een van hen was een jonge man met een frisse teint en behoedzame ogen. De ander was een kleine man van middelbare leeftijd met harde ogen en een fors litteken op zijn rechterhand. Hij zei onbehouwen: De hoofdcommissaris van politie wil u spreken.

Will kwam de gang op en zei: Wat is er aan de hand? Hij ging tussen mij en de mannen in staan en fluisterde: Wat heb je in godsnaam uitgehaald?

Ik deed een stap bij hem vandaan en zei in het Engels: Dan hoeven ze Mau niet de schuld te geven, dan kunnen ze mij de schuld geven.

Ik zei in het Khmer tegen de man met de harde ogen: Als ik niet terugkom zal mijn vriend naar me op zoek gaan. Als ik niet terugkom zal iedereen in mijn land dat weten.

Hij spuugde naast zich op de grond en de jonge agent keek beschaamd een andere kant op. Ze liepen aan weerszijden van me door de hoofdstraat, waar de stalletjes nog steeds open waren vanwege de feestelijkheden en iedereen op een koel dak van zijn rust genoot. De twee mannen voerden me over een zijpad mee naar het politiebureau en begeleidden me naar een uit betonblokken opgetrokken kamer waar een man in een schoon en gestreken lichtblauw overhemd op een houten stoel zat. Midden in de kamer brandde één enkel lichtpeertje aan het plafond. De man was zwaargebouwd en had diepe lijnen tussen zijn ogen. Hij stond niet op maar gebaarde dat ik op de stoel tegenover zijn bureau moest gaan zitten. Hij stuurde de twee agenten weg en zei: Hoe heet u?

Anne Greves.

Hij stak een sigaret op zonder mij er een aan te bieden, keek me over zijn bureau aan en zei: Wat doet u hier?

Ik ben op zoek naar iemand die vermist is geraakt.

Dat is niet toegestaan.

Zijn Khmer was vormelijk, ontwikkeld.

Ik begrijp het. Maar ik doe het toch. Ik zou graag willen weten hoe u heet.

Ik wendde niet langer eerbied voor. Ik wendde niets meer voor.

Zijn blik werd doordringender, de enige beweging in zijn roerloze gezicht. Hij boog zich naar voren, liet zijn onderarmen op zijn bureau rusten en zei: Ik heet Ma Rith. Ik ben de hoofdcommissaris van politie van deze regio. Hoe komt u erbij dat u dit zomaar kunt doen?

Ik zei: Het is heel gewoon om op zoek te gaan naar iemand die vermist wordt. Ik weet dat hij hiernaartoe is gebracht.

Hoe weet u dat?

Dat heb ik van een soldaat gehoord.

Hoe luidt zijn naam?

Dat heeft hij niet gezegd.

Ma Rith sloeg een oud dossier op zijn bureau open en schreef er iets in. Hij keek weer op en zei: Waar?

Hij benaderde me in een deuropening, maar ik weet niet meer precies waar. Niet ver van Sisowath Quay in Phnom Penh.

Hij schreef weer, en toen hij opkeek zei hij op een redelijke, overredende toon: U moet begrijpen dat u niet zomaar in Ang Tasom mensen kunt vragen te praten over dingen waarvan ze niets weten. Dat geeft onrust. Ons land heeft een zware tijd doorgemaakt. Onze leiders hebben de loyaliteit van het volk hard nodig. Zonder dat kan er nooit orde heersen. We zijn ons land opnieuw aan het opbouwen en democratie aan het scheppen.

Deze rituele frasen werden in alle toespraken van de regering gebezigd. Tijdens radio-uitzendingen. In de kranten. Maar de regering zei ook: Als we worden tegengewerkt, keren we terug naar Pol Pot.

Ik zei: In het nieuwe, democratische Kampuchea zult u willen dat de waarheid wordt gesproken en er gerechtigheid geschiedt, en zult u begrijpen dat mensen niet zomaar kunnen verdwijnen.

Alsof ik niets had gezegd vervolgde Ma Rith: U bent nog maar kort in dit land. U moet naar Phnom Penh teruggaan. U mag hier geen moeilijkheden veroorzaken.

Ik zei: Ik wil helemaal geen moeilijkheden veroorzaken. Ik wil er alleen maar achter komen wat er is gebeurd.

Hij trok zijn wenkbrauwen op en antwoordde op scherpere toon: U moet begrijpen dat het merendeel van onze burgers de hoop wel kan opgeven ooit nog vermiste familieleden te vinden. Het droevige, volhardende zoeken zonder iemand te vinden is voor onze burgers een blijvend lijden.

Hij leunde naar achteren en schakelde over op een vriendelijker toon: Het doet me altijd verdriet als ik mensen zie zoeken naar familieleden van wie ze tijdens de oorlog gescheiden zijn geraakt. Ik bid tot de heilige voorwerpen dat deze mensen herenigd mogen worden met hun familieleden. Sommige van mijn familieleden en vrienden hebben me voorgoed verlaten, en ik weet nog steeds niet precies wat hun is overkomen. We moeten verder met ons leven.

Rituele frasen.

Ik zag helemaal geen verdriet in zijn ogen, maar het ongeduld van een man die zijn werk moest doen. Als een rivier van richting verandert kan er van alles gebeuren. Het goed geordende keert zich tegen zichzelf. In kalme draaikolken drijven voorover liggende lijken.

Ik keek hem in de ogen en zei: Ik ben niet op zoek naar iemand die in de tijd van Pol Pot is zoekgeraakt. Ik ben op zoek naar iemand die zes maanden geleden bij een politieke bijeenkomst is verdwenen.

Hij liet zijn sigaret op de grond vallen, trapte hem met zijn voet uit en antwoordde: Laten we zeggen dat er een ongeval is gebeurd en de persoon naar wie u op zoek bent dood is. Aangezien u dan verder niets kunt doen, is het beter om naar Phnom Penh terug te keren. Onze leiders en uw westerse leiders willen geen moeilijkheden.

Mijn ingewanden verslapten en het zweet parelde op mijn slapen. Ik wilde het uitschreeuwen, maar had geen adem. Ik wilde zeggen: Er zíjn al moeilijkheden. Mensen worden op straat doodgeschoten. De rivieroevers liggen vol achtergelaten lijken. Leiders vluchten de grens over.

Ik zei: Ik wil zijn stoffelijk overschot hebben.

Ik kreeg de woorden nauwelijks over mijn lippen, omdat ik ze nog niet geloofde. Ik zei: Als er iemand sterft, komen nabestaanden toch zeker het lijk ophalen? In Phnom Penh ging men naar de tempels om de doden op te eisen. Dat heb ik zelf gezien.

Hij tikte met zijn pen op het dossier en zei: Er zijn natuurlijk wel procedures. Maar een nabestaande moet een dode kunnen identificeren. En als iemands eis in twijfel wordt getrokken, moet deze persoon zich tot de rechtbank in Ang Tasom wenden.

Hij probeerde me te laten zien dat er wetten waren, nieuwe handelwijzen die niet op traditie of geweld berustten. Maar zijn woorden waren als zaden zonder aarde. Hij moest zijn leiders tevredenstellen. Hij moest problemen uit de weg ruimen. Hij voelde mijn minachting en zei met ingehouden woede: In uw geval zou een rechtszaak ongeoorloofd zijn omdat er niets te vinden valt. En nu gaat u terug naar uw kamer en morgenochtend vertrekt u naar Phnom Penh. Uw chauffeur is al op de hoogte gesteld.

Hij tikte met zijn pen, intimiderend en meedogenloos. De ondervraging was afgelopen.

Maar ik zei: Ik vraag u om hulp bij het opsporen van zijn overblijfselen.

We keken allebei toe hoe hij bedachtzaam zijn pen op zijn bureau neerlegde. Hij stond op, hief zijn rechterarm boven zijn hoofd en liet hem wijzend naar mijn gezicht neerkomen.

U luistert niet. Er valt niets te vinden. U keert terug naar Phnom Penh, zei hij, waarbij hij drie keer de lucht doorboorde.

Steek. Steek. Steek.

Het kale peertje boven ons hoofd flikkerde en ging zwakker en daarna weer feller branden. Hij keek niet naar de haperende lamp en ik deed mijn ogen dicht en zag vluchtig een jonge vrouw voor me die haar baby in de ogen keek. Ik spoorde mezelf aan me te concentreren, ervoor te zorgen dat ik vrijgelaten werd. Hij stak nog een sigaret op en blies rook in mijn gezicht.

Hij zei: U zult naar uw kamer teruggebracht worden. Bij zonsopgang vertrekt u naar Phnom Penh. We willen geen moeilijkheden.

Ik heb geen inzicht in de ondoorgrondelijke liefde die ik voor je voel. Maar wat ik nu ervaar is wat de oude gnostici 'leegte' zouden noemen. Als jouw gezicht om de hoek van de deur zou verschijnen in het vertrek waar ik aan dit bureautje zit, zou ik me naar je toe draaien en zeggen: Nu ben ik wakker.

Het merkwaardige van mijn liefde voor jou is dat die mij dood heeft gemaakt in het leven en jou levend in de dood. Ik ben bang dat je zult verdwijnen en niemand zich je naam zal herinneren.

Na het invallen van de duisternis hoorde ik een zacht ge-
krabbel op mijn niet afgesloten deur. Mau glipte naar binnen en deed de deur achter zich dicht. Het litteken op zijn
jukbeen ging schuil onder een blauwe plek. Hij zei: Het
spijt me, borng srei.

Het was een waarschuwende blauwe plek, een met rode
inkt geschreven briefje.

Hij bleef bij de deur staan en fluisterde: Naast het huis
van de bamboeverkoper worden lichamen in het kanaal ge-
gooid. Aan het eind van de weg die de stad uit gaat. Na de
granaataanval hebben ze twee lichamen hiernaartoe gebracht. Ze hebben hem doodgeschoten omdat hij foto's van
de granaatgooiers nam. Ze wisten dat hij banden met het
Westen had. Ze wilden niet dat zijn lichaam gevonden
werd. Daarom hebben ze hem hiernaartoe gebracht.

Mau's glanzende ogen bleven op de mijne gericht. Hij
hief zijn handen alsof hij me wilde aanraken, maar liet ze
weer vallen. Hij zei fluisterend: Je weet het tenminste. Velen
komen er nooit achter. Zodra het licht wordt, moet ik je te-
rugbrengen. Alles is klaar. Je moet bij zonsopgang met me
meekomen. Veroorzaak geen moeilijkheden. Je hebt geen
idee waar deze mannen toe in staat zijn. Ik slaap vannacht
bij de nicht van mijn vrouw. Ik moet nu gaan, ze houden me
in de gaten.

Ik glipte via de achterdeur het hotel uit en voegde me bij de
Kathenprocessie in de hoofdstraat. Het gezicht van de mensen werd door flikkerende kaarsen verlicht. Het geluid van
trommels, gongs en vingercimbalen zwol aan, ter viering
van het goddelijke. Ik maakte geen deel uit van de menigte,

want alle mensen ontweken me, hoewel ik midden tussen hen in liep. Toen de processie het pad naar de tempel insloeg, stapte ik de schaduw van de onverlichte weg in, die ik volgde tot aan de rand van de stad. Ik zag de brug over het kanaal. Ik zag de gekapte bamboestengels tegen het huis van de bamboeverkoper staan. Naast de bamboeverkoper woonde iemand die boeddhistische monumenten maakte, en ik zag zijn erf vol stenen beelden, als een tuin vol gehurkte, zittende en staande geesten onder de gesluierde volle maan. Ik sloop langs het huisje en de oude stadsmuur en vond een wildpad dat van een heuveltje naar de oever van het kanaal liep. Daarna waadde ik het kanaal in, bang voor wat zich daar zou kunnen ophouden.

Tot aan mijn middel in de donkere nacht, in een wereld van geur. Aanvankelijk voelde ik de natte kilte niet. Bezetenheid verdooft de zintuigen. Ik hoorde Mau vanaf de brug fluisteren: Stop, zuster. Kom terug.

Iemand gleed de oever af en kwam me achterna, en daarna hoorde ik Wills stem: Kom daar als de sodemieter uit.

Mau wees vanaf de brug naar het midden van het kanaal. Hier hebben ze het lichaam uit een vrachtwagen laten vallen, zei hij. Kom, zuster. Er is niets van over. Kom. Ik ben bang voor *sramay*.

Er zijn geen spoken. Jij bent de enige.

Ik waadde dieper het water in tot ik onder Mau stond. Ik tuurde naar het zwart: Hier?

Hij boog zich voorover: Kom eruit. Er is niets te vinden. Alles spoelt weg. Kom, er zijn *neak ta*.

Geesten. En dorpsleiders.

Mau sloop de brug af en liet zich ook van de oever glijden. Hij hurkte aan de rand van het water neer en zei: De leiders willen niet dat je hier bent. Kijk, iemand heeft me iets voor je gegeven. Dan weet je het. Dan kun je vertrekken.

Ik stak mijn arm uit naar zijn uitgestrekte hand en Mau

greep mijn pols en trok me het gras in. Hij drukte mijn oude medaillon van de Heilige Christoffel in mijn handpalm en liet mijn arm los.

Hij zei: Die is door de bamboeverkoper van het lichaam af gehaald. Nu heb je bewijs. Dit is voldoende.

Het is niet voldoende. Zie wat zich allemaal voortplant rond het hart.

Vleugels en poten met zwemvliezen op het wateroppervlak. In alle kanalen van Cambodja hebben boseenden hun eieren in schedels gelegd. Uitgehongerde honden lopen er te schooien. Ratten bouwen er hun nest.

Er ruiste een zwerm kraanvogels door de lucht.

Ik voelde de kou van het kleine medaillon op mijn natte huid. Toen ik me van Mau afwendde struikelde ik, en het water spatte op tussen het gras en verstoorde de verborgen watervogels, die met hun vleugels tegen het kanaal zwiepten. De lucht was zo zwaar dat je hem kon opscheppen. Het bloed klopte achter mijn ogen. De brandwond op mijn been schrijnde in het water. Wat gaat eronder schuil? Ik ben in jouw graf en spook bij je rond.

Ik draaide me om naar de plek waar Mau op zijn hurken zat, maar ik zag niets dan duisternis. Will waadde naar het midden van het kanaal, bestudeerde het water en de oever en zei: Als ze hem daar hebben laten vallen.

Hij tuurde in de modder en zei: Kun je verdomme nooit eens géén beroering veroorzaken? Hij keek weer omhoog naar de brug, schatte de situatie in en fluisterde: Als ze hem daar hebben laten vallen, zou hij hier ongeveer zijn neergekomen. Maar dieren verplaatsen dingen. En ook het weer speelt een rol.

Achter ons werd het kanaal breder en Will zei: Anne, er is waarschijnlijk niets overgebleven, maar ik zal een kijkje nemen. Verroer je niet.

Alles om ons heen deinde in het winderige duister. Hij liep in kringetjes rond. Hij verstond zijn vak. Lichamen worden door varkens opgegeten, botten raken verspreid, zinken weg in het slib. De bomen hebben ogen. Ik luisterde naar Wills langzame, geconcentreerde ademhaling en zag hem zorgvuldig zoeken in het kille donker. Hij hurkte telkens neer, tot aan zijn hals in het water, waarbij hij één arm onder het wateroppervlak liet zakken, zijn gezicht opzij draaide om adem te halen, en rukjes gaf. Zijn rug zat onder de waterhyacinten en het slijm. Schiet op. Hij trok van alles omhoog, dan weer een stok, dan weer een steen, ook een keer een botje. Hij onderzocht ze boven het wateroppervlak, gooide ze op de oever en zei: Niet van een mens. Hij hervatte zijn kringetjes. Hij verdween onder het wateroppervlak om iets los te wurmen wat hij op de tast in het stinkende water had gevonden. Ik wachtte. In de verte hoorde ik mannen op *chhai-yam*-trommels slaan. Er zijn drie dingen die niet verborgen kunnen worden: de zon, de maan en de waarheid. Bij de tempel zou men naar een theaterspel met poppen kijken, kaarsen aansteken en wierook branden. Een zwak briesje door het gras langs het kanaal.

Na heel lange tijd tilde Will langzaam iets op. Ik zag dat hij zich vooroverboog en teder het slib verwijderde. Hij hief zijn arm en ik keek naar de druppels die in zilveren stralen neervielen terwijl het voorwerp boven water kwam. De wolken dreven weg en onthulden de volle maan. Het einde van de regentijd. Morgen zouden de monniken nieuwe gewaden hebben. Pinpeat-muziek in de verte.

We waren twee door water doorsneden wezens op die donkere, natte plek. Ik pakte de schedel aan die hij me gaf en ik voelde zijn schouder tegen de mijne terwijl we het ding samen in het donker onderzochten. Wat ik aanraakte boezemde me angst in. Ik kende de doden niet. Hoe kon dit stukje bot de wereld nu kwaad doen? Dit was jij toch zeker niet? Dit schedeltje kon jou niet zijn, je was nog in leven, op de een of andere plek. Toen zag ik dat er aan een loszittende voortand in de bovenkaak een halvemaanvormig stukje ontbrak.

65

Hier zaten die lippen die zongen. We zullen elkaar nooit meer treffen, nooit meer zien. Ik trok je naar me toe, drukte je tegen mijn borsten.

Ik ging in de donkerogige nacht op de smerige kanaaloever in de modder zitten, om voor altijd je schedel te wiegen. Will hurkte naast me necr. Zijn vinger gleed over de kromming van de schedel en wees een klein, gerafeld gat aan. Hij zei: Door dat gat is een kogel naar binnen gegaan. De rechterslaap in. Hij draaide de schedel vakkundig rond terwijl ik hem nog steeds vasthield en zei: Er is geen uitgangswond. Als de kogel niet binnen in de schedel is blijven steken, heeft hij het lichaam misschien door de oogkas verlaten. Is hij wel blijven steken, dan is hij er later uit gevallen en gezonken.

Ik hield het bot vast, voelde de kromming onder mijn handpalmen en bekeek het hobbelige oppervlak. Alle vreugden van het leven hadden geen enkel spoor achtergelaten. Wat is de waarde van één enkel mensenleven? Ik zal je cremeren. Ik zal gebeden over je uitspreken.

Het zand valt, nu niet zoveel meer, een paar laatste korrels, en terwijl ik ze jaar in jaar uit heb zien vallen, bereik ik nooit het einde. Ik heb je opnieuw verloren, een derde keer, de laatste keer. Mijn verdriet en mijn falen.

Zijn ogen waren twee donkere manen. Will keek verschrikt langs mijn schouder en versteende onder het slijm en het slik van waterhyacinten op zijn borst, terwijl het zweet hem uitbrak. Hij fluisterde hees naar een stille schaduw achter me: *Bawng, muy soam*. Zonder zijn ogen van het geweer af te halen zei Will tegen me: Sta heel langzaam op, draai je om en zeg hem dat we vertrekken, dat we teruggaan naar het hotel en onze biezen zullen pakken, zég het. Zeg dat we er als de donder vandoor zullen gaan. Zég het.

De grens tussen leven en dood verdween. Ik boog me voorover alsof ik iets verborg en Will greep mijn arm en sleurde me overeind en schreeuwde: Doe alsof je bang voor me bent! Daarna smeet hij me op de oever neer en wendde hij zich smekend tot de gewapende mannen, zijn handpalmen op borsthoogte tegen elkaar gedrukt, vingers naar boven gericht.

Bawng, we gaan al, toe, laat je geweer zakken.

Ze antwoordden in het Engels: Ga weg uit Ang Tasom.

De voet van een van de mannen stond bij mijn hoofd, en zijn hand schoot naar beneden, griste jouw schedel tussen mijn borsten vandaan en gooide die ver het kanaal op, terug in het water. Ik keek ongelovig naar mijn lege handen.

Keer op keer op keer hoor ik die lichte plons, als van een eend die in de lente neerstrijkt. Dertig jaar lang heb ik die plons gehoord.

66

Ik stortte me op de arm van de soldaat, maar Will trok me weg en sleurde me de oever op. De soldaat zei in het Khmer tegen me: De dorpsleiders zeggen dat u moet vertrekken.

Hij gaf Will zo'n harde duw dat die voor mijn voeten neerviel. De soldaat keek me recht in de ogen en zei in het Khmer: Hij zal u mee terug nemen. Ga nu. Geen moeilijkheden. Anders kom ik terug.

Ik glimlachte, een krankzinnige buitenlandse die haar gezicht tot een krankzinnige glimlach plooide, en ik zei: Zeg maar tegen de dorpsleiders dat mijn geest hen zal blijven kwellen als ik vannacht in bed sterf.

De soldaat gaf Will een schop. Maar ik hing niet langer aan het leven. Ook was ik nog niet verbonden met de dood. Ik was herinnering en hoop, teruggebracht tot hun kleinste verhouding.

Ik kan me niet herinneren dat ik naar het hotel ben teruggelopen. Ik herinner me alleen dat Will later in mijn kamer tegen de muur bij de deur een Angkor-biertje zat te drinken, zijn lange benen opgetrokken, en vroeg: Wat heb je gezegd toen ze ons lieten gaan?

Ik heb tegen hem gezegd dat hij door geesten te grazen zou worden genomen.

Will lachte, een verkrampte, angstige ademstoot. Hij zei: Waar zou Mau in godsnaam gebleven zijn? Hij keek me aan en zei: Weet je, mensen zijn ook gemaakt voor geluk. Ook een gelukkig mens kan het heilige dienen. Je hoefde dit niet te doen.

Ik herinner me de natte afdruk van Wills broek op de grond nadat hij was opgestaan en had gezegd: We vertrekken. Doe de deur op slot. Ik ga Mau zoeken. Ik hoop dat ze hem niet verrot hebben geslagen.

En zijn schedel dan?

Het was de enige keer dat ik Will boos heb gezien. Hij zei: Je moet nu ophouden, Anne. Het is voorbij. We gaan er als de donder vandoor. Er komt geen gelegenheid meer. We wachten niet tot het ochtend is.

De echo's van drums en cimbalen verstomden in de ondoordringbare duisternis voor zonsopgang. Ik ging mijn kamer uit en liep terug naar het kanaal. De doden begraven is zoals het hoort. Het kon me niet schelen wat ze me aandeden. Ik dacht maar één ding: Als ik je niet kon begraven, zou ik kapotgaan van verdriet. Ik rook het rode dorpszand. Maar voordat ik de oever af en het water in kon glippen, werd ik door drie jonge mannen ingesloten. Mijn armen werden met geweld op mijn rug gedrukt en ik rook knoflook en goedkope zeep, en hoorde een stem sissen: Hou op met schoppen. Ik schopte. Ik voelde de eerste klap op mijn hoofd en niemand in Ang Tasom zag iets, niemand hoorde iets.

Ze sloten me op in een betonnen kamer en ik zeeg op de grond neer. Ik was onbetekenend. Ik had zo'n dorst. En ik was zo moe. Ik viel als een blok in slaap en werd onmiddellijk wakker gemaakt door de roep van een wespendief buiten: *pie lu pie lu.* Er waren geen ramen, maar in de warmer wordende lucht voelde ik het eerste grijs van de dageraad. Alle levenden waren in betonnen kamers opgesloten en alle vermisten waren in kanalen verdronken.

Nu behoorde ik tot de onherbergzame wereld van de doden.

Op wat voor manier had ik aanstoot gegeven? Ik wilde je alleen maar weer met de aarde verweven. Hoe kon het passend zijn dat varkens en honden de huid van je gezicht openreten en niet passend dat ik je begroef? Ze zeiden tegen me: Vrouw, je bent waardeloos. Je begrijpt niets. Je bent onbetekenend. Je verlangen is onbetekenend.

Zottin. Waanzinnige. Slachtoffer.

67

Er was een tijd dat ik je huid nog kon aanraken. Vertrekken is onmogelijk. Blijven is onmogelijk. Anderen zeggen: Het is hún land, laat hen het vertellen. Jij bent mijn land.

Twee bewakers kwamen de betonnen kamer in en gingen kort daarop weer weg. Ze waren jong, mager, gehoorzaam, en hadden domme, agressieve ogen. Ze waren erop getraind schroeven en klinknagels te vinden die een gevangene zou kunnen gebruiken om zichzelf door verstikking om het leven te brengen, of pennen die aderen kunnen openrijten. Ze namen me mijn boeddhaketting af. Er stond een stinkende emmer in de hoek. In smerige kommen bruine rijst zaten kiezels verscholen waar je je tanden op brak. Ik zoog de rijst voorzichtig op en spuugde de stukjes steen uit. Er stond een ondiepe schaal met water dat ik niet durfde te drinken en toch dronk. Ik zou voor die druppels water hebben gevochten. Toen ik huilde van de dorst zei een oudere bewaker: Hou je mond, of ik kom terug om je af te ranselen. Toen ik hem mijn rug toedraaide, zei hij: Draai je om zodat ik je kan zien, of ik ransel je af. Hij vroeg: Heb je honger? Ik zei: Nee, waarop hij zei: Je liegt. Vertel de waarheid, of ik ransel je af.

Zijn lichaam bezat een geheugen waarin precies was opgeslagen hoe je mensen ervan weerhoudt zelfmoord te plegen voordat ze doodgemarteld worden.

Op een keer vroeg iemand aan Martha Graham hoe ze haar dansen onthield. Ze antwoordde: Het lichaam onthoudt het.

Nadat ik voor het eerst had gevreeën begreep ik dit.

De bewakers fouilleerden me: ik was ertoe veroordeeld te onthouden.

Ik was een vrouw die alleen nog bestond uit een T-shirt, een bh, een slipje, een katoenen broek, pijn en dorst. Ik lag 's nachts te rillen en rolde me helemaal op, met mijn armen over mijn gezicht tegen de ratten. Mijn been was rood en gezwollen en ik had bonkende hoofdpijn. De eerste nacht dacht ik: Will weet dat ik hier ben. Mau weet dat ik hier ben. Ze zullen binnenkort wel komen. De derde nacht dacht ik: misschien weet niemand dat ik hier ben. Ze hielden me de hele nacht wakker en lieten me rechtop in een hoek zitten. Als ik in slaap sukkelde maakten ze me met water of een schop weer wakker. Bij zonsopgang bond de bewaker mijn handen achter mijn rug en bracht me weer naar het kantoor van Ma Rith.

Hij stuurde mijn bewaker weg met een scherp *Baat, tien!* en gebaarde naar de stoel tegenover hem. Zijn bureau was leeg, afgezien van zijn pakje Marlboro, een goedkope gele Angkor-aansteker, zijn ingevouwen zonnebril en een beker water. Ik hunkerde naar het water van mijn kweller.

Hij zei: Waarom bent u naar het kanaal teruggegaan? Ik heb u gezegd dat er niets te vinden valt.

Een en al pijn. Dorstig. Van slaap beroofd. Mijn handen vastgebonden. Nu was ík een lichaam dat kwetsbaar was gemaakt. Nu was ík beschikbaar voor verwonding.

Ik zei: Ik heb hem gevonden.

Ma Rith antwoordde: U hebt niets gevonden.

Ik ging verzitten. Ik was vrij om te zeggen wat ik wilde; het kon me niet schelen of ik doodging.

De regering geeft niet toe dat er wandaden plaatsvinden. Hoe kan het volk verdergaan zonder te weten wat er met hun familie is gebeurd? Hoe kunnen ze verdergaan zonder de waarheid?

De vochtige, warme lucht hing roerloos tussen ons in.

Ma Riths wenkbrauwen gingen omhoog, daarna werd zijn gezicht weer effen. Hij zei: Volgens onze leiders is het beter om een gat te spitten, het verleden te begraven en met een schone lei de nieuwe eeuw tegemoet te zien. We hebben allemaal familieleden, vrienden en bekenden die door het moordzuchtige regime gedood zijn en niet zijn gecremeerd.

Buiten, ver weg, de roep van een gier.

Ik zei: We zijn wat we denken. Als de waarheid wordt verdoezeld, zullen de geesten van de doden nooit rust hebben.

Ma Riths stem werd snijdender, als een snaar die wordt aangespannen boven versleten fretten: U komt hier niet vandaan. Waarom mengt u zich in onze zaken? We moeten de realiteit van ons verleden aanvaarden. Onze doden zijn stil en verdwenen. Ons land heeft decennialang gezucht onder oorlogen. We moeten ons nu afwenden van dit afschuwelijke verleden en een toekomst opbouwen.

Ik zei: Mensen hebben behoefte aan de waarheid. Maar ze zijn bang. Ook uw burgers willen spreken voor degenen die tot zwijgen zijn gebracht. Iemand moet in naam van de vermisten handelen. Waarom bent u bereid het verleden te begraven maar niet degenen die daarin hebben geleefd? Welke wet wordt er geschonden als men de doden begraaft? Welke natuurwet? Welke goddelijke wet? Ik heb zijn schedel gevonden. Ik heb zijn tand herkend.

U hebt hem niet gevonden. Wat u ook gevonden hebt, hij was het niet. Er zijn zo veel schedels in dit land. Je haalt ze gauw door elkaar.

Hij stak een sigaret op en nam een flinke trek. Hij leunde achterover in zijn stoel, meer ontspannen dan de vorige keer, toen hij getergd was en me afbekte. Ik was vuil en dorstig. Buiten hoorde ik het gekrijs van spreeuwen en het gekwetter van ringmussen.

Ik zei: Ik wil alleen maar riten voor hem uitvoeren, hem

cremeren, de monniken vragen voor hem te bidden. Het is heel normaal om de doden te begraven.

Een vreemde stilte beving me, en ik zag de schouders van Ma Rith verstrakken. Ik was bang dat ik in slaap was gevallen toen ik zag dat hij een laatste trek nam van zijn sigaret en die met ijzige kalmte uitdrukte. Ik wilde geen zwakte tonen. Ik was een dier geworden dat kans liep te sterven. Ik was zo langzamerhand tot alles in staat: al slapende praten, water stelen, onbeschrijflijke wreedheid, gevoelloos handelen. Ik moest me in bedwang houden, een uitweg zien te vinden. Alstublieft, *loak borng*, zei ik, sta me toe zijn schedel te begraven.

Ma Rith zei: Die taak is niet aan u. U bent buitenlandse. Het lichaam behoort zijn verwanten in Cambodja toe. Waarom tart u onze wet?

Ik zei: Hij heeft geen verwanten. Ik eis het recht op om mijn man een fatsoenlijke begrafenis te geven. De wet is niet meer dan een bedenksel van de mens. U zou toch ook niet stilzwijgend toestaan dat iemand het lichaam van een van uw familieleden weghaalt?

De sfeer sloeg om. Ik had een grens overschreden, was door een deur een andere kamer binnengegaan.

Hij schonk me een spottend glimlachje, verschoof de zonnebril op zijn bureau en zei honend: Er is een jongere broer. We kennen hem. En we weten ook dat hij niet uw man was.

Ik probeerde de snel opkomende misselijkheid en drift en het klamme zweet te onderdrukken. Ik keek vluchtig de kamer rond, maar zag geen emmer. Met een stem die niet langer krachtig was zei ik: Hij is mijn man. We hebben samen een kind verwekt.

Welk kind? U hebt geen kind.

Hij wilde niet over baby's en het huwelijk praten en werd wreed, alsof dit een familieruzie was, intimiteit die elk moment in onenigheid, geweld, stilte kon uitbarsten. Ik zweeg even om mijn trillende stem tot rust te brengen, en zei: Omdat ik knokkelkoorts kreeg ben ik de rivier te vroeg overgestoken en is mijn baby gestorven. Het was een meisje.

Hij zei spottend: Denkt u dat we niet weten wie u bent? We weten alles. We weten wanneer u hier bent gekomen. We weten wat hij deed. U bent niet getrouwd. U verschilt in niets van het eerste het beste bierserveerstertje.

De woorden sneden als de as van een ossenkar door mijn hoofd.

Mijn schouders deden pijn en ik kon mijn natte voorhoofd niet afvegen.

Ik heb geen misdaad begaan. Mijn man is bij een politieke bijeenkomst in Phnom Penh verdwenen. Ik heb zijn schedel gevonden. Ik wil die cremeren en ik wil bidden.

Ik had geen idee hoe diep zijn borende ogen zouden kunnen doordringen. Hij had de opdracht gekregen me te dwingen mee te werken. Plotseling sloeg hij met vlakke hand op het bureau. Ik veerde op van schrik en hij zei met luide stem: *At oy té.* U hebt een misdaad begaan. U bent niet gerechtigd wat dan ook op te eisen.

Menselijkheid verplicht ons tot het begraven van de doden, antwoordde ik.

Ma Rith zei: Menselijkheid verplicht ons niet tot het respecteren van trouwelozen. Deze man verraadde zijn regering. Hij verdient geen trouw.

Een koude wind trok door mijn kruis mijn lichaam in, en is daarna nooit meer helemaal verdwenen.

Ik zei: Wat heeft trouw na de dood nog te betekenen?

Als ik doodga, zei Ma Rith zonder zich op te winden, weet ik nog steeds wie mijn vijanden zijn.

Vals van hart, scherp van oor, moorddadig van hand. Is een mens niet meer dan dat?

Ik ging rechtop zitten op de harde stoel en zei: Als ik doodga, weet ik nog steeds wie mijn dierbaren zijn. Ik ga liever dood dan dat ik zonder hem uit Ang Tasom vertrek. Ik weet dat hij hier is.

Ma Rith stond op, kwam achter me staan en boog zich over me heen. Hij zei: Ik laat me niet door een vrouw vertellen hoe ik de wet van mijn eigen land moet handhaven.

Mijn ingewanden waren vloeibaar. In de kamer wemelde het van de gehavende geesten. Hoeveel wreedheid is er nodig om ons menselijk licht te doven? Hoe ver zou dit gaan? Boven de poort die toegang biedt tot de begraafplaats in Errancis staat één enkel woord: slapen.

Ik zei tegen zijn lege stoel: Er is een wet die ouder is dan de wetten van de mens. Volgens de goddelijke wet is elke vreemdeling heilig. Welke goddelijke wet heb ik overtreden?

Hij nam weer plaats en schreef op papier dat zo dun was als de oogleden van een lijk. Hij zei: U bent een slachtoffer. Het is alsof u een ongeval is overkomen. U zegt dat er geen anderen meer zijn die hem kunnen opeisen, maar daarin vergist u zich. Zijn broer leeft nog.

De brandwond op mijn been klopte. Maar het was alsof mijn lichaam aan een ander toebehoorde. Ik had wel belangstelling voor de pijn, maar het was niet langer mijn pijn.

Ik zei: *Loak bou*, ik heb maar één wens: mijn dode liefhebben. Hoe kan dat verkeerd zijn? Uw burgers zouden hetzelfde zeggen, maar ze zijn zo bang dat ze hun mond houden. Zijn broer laat het koud.

Ma Rith stak weer een sigaret op, ongeduldig nu. Deze poppenkast begon hem de keel uit te hangen. Hij had wel wat anders te doen. Het was zijn taak me kwijt te raken en we waren nóg aan het praten. Als hij me niet kon overhalen, zou hij me dwingen. Hij klapte het dossier dicht en zei, weer op die zachte, overredende toon die men gebruikt voor rituele frasen: Wat heeft het voor zin het verleden op te rakelen?

Ik zei: Het is nodig om het heden te kunnen opeisen.

Hij vouwde zijn donkere zonnebril open en zette hem op. Hij zei: Verbrand het oude gras om het nieuwe gras te laten groeien.

Dan zal de aarde door vuur verteerd worden en ophouden te bestaan.

We hadden de discussie van beide kanten gefileerd en niets overgelaten in het midden.

U zult teruggestuurd worden, zei hij. U zult naar het vliegveld worden gebracht en op een vliegtuig naar uw vaderland worden gezet, en we verbieden u terug te keren naar Cambodja.

Ik werd weer naar de betonnen kamer gebracht. Ik bestudeerde de scheuren in de muren. Ik keek niet naar mijn eigen lichaam. Ik nam het knagen van de honger en de duizeligheid van de dorst waar. Ik viel in een bodemloze slaap. Als jij op die onherbergzame plek bent, zal ik regelrecht naar je toe lopen en in je rusten. Heb je je doden gevonden, je moeder, je vader, je oma, Tien, en zit je bij hen? Is er muziek waar je bent? Is er rock-'n-roll? Is mijn moeder er? Ik sloeg naar de ratten en luisterde in een halfslaap naar een stem die korte, felle kreten slaakte, tot ik besefte dat het mijn eigen stem was. Bij het krieken van de dag hoorde ik een auto aan komen rijden, en mannenvoeten en stemmen buiten. Nu zou ik voorgoed van je weggerukt worden. Ik had zo'n dorst.

Montreal

Mijn handen waren vastgebonden, mijn lichaam deed pijn. Langs de weg die Ang Tasom uit voerde zag ik Mau staan wachten, halfverscholen achter een marktstalletje. Hij sloeg zijn ogen op als groet. In de auto met dichte ramen denderden we door ruige kuilen en joegen we vogels uiteen. Mijn schouders bonkten tegen die van mijn kwellers aan en ik probeerde weg te kruipen in een lichaam dat niet aangeraakt kon worden. De suikerpalmen of padievelden van Cambodja rook ik niet meer, alleen de bedorven adem van degenen die tot taak hadden me het zwijgen op te leggen.

Herinner je je het meisje in de gele kamer aan Bleury Street? Dikke sneeuwvlokken die zachtjes op zondagochtendtrottoirs neervielen. Ik stak mijn armen naar je uit, groeide je omhelzing in. Vroeger waren er vele bestemmingen, maar nu was alleen jij er nog. Ik genoot van de manier waarop je in de gele kamer naar me keek.

Ik kon op weg naar Phnom Penh de ogen van onze chauffeur niet zien. Hij droeg een donkere zonnebril en zijn handen omklemden het stuur als hij stenen raakte. Mau had omzichtig om de grote gaten en keien van de hobbelige weg heen gereden, waarbij hij onderweg was gestopt om aalmoezen te geven, zijn tuktuk over een bezweken brug heen had gedragen, over zijn schouder naar ons had gekeken, en zijn hand naar achteren had gestoken om een sigaret aan te nemen.

Ik zal de Olifantsbergen nooit meer zien, maar Chans stramme handen en gezicht vol zenuwtrekjes zie ik nog steeds voor me. In de betonnen kamer is het me angstig duidelijk geworden dat ze met me konden doen wat ze wilden. Ze hebben me jou afgenomen en mij gereduceerd tot een stuk vlees, me een vreemde in de wereld gemaakt.

Op het vliegveld werd ik links en rechts door een bars kijkende soldaat geflankeerd, en een kleine, hardhandige vrouw maakte mijn polsen los en gaf me een gewassen T-shirt en een katoenen broek die te groot waren. Ze keek toe terwijl ik me uitkleedde, pakte vol weerzin mijn smerige kleren aan en stopte die in een oude tas. Ik moest zonder bezittingen vertrekken. Ze begeleidden me naar de douane, gaven me mijn paspoort en bevalen me mijn naam op een document te schrijven, maar ik vertikte het om een uitwijzingsbevel te ondertekenen. De flikkerende ogen van de beambte werden leigrijs in plaats van bruin, en mijn darmen smolten. Dit waren ogen die me kwaad konden doen. Vier mannen zetten me met geweld in het vliegtuig, terwijl iedereen met open mond toekeek en soldaten de uitgangen versperden, totdat het vliegtuig de lucht in ging.

Vertrekken voelde als in een schoon bed neerploffen. Verdriet. Uitputting. Voetstappen buiten een afgesloten deur. Ik herkende mezelf niet meer. Ik at alles op het dienblad op en toen ze me er nog een aanboden, nam ik het aan. Ik sliep onrustig. In het vliegtuig. In het huis van mijn vader. Ik at bij mijn vader aan tafel. Ik herinner me de blikken die hij op me wierp.

Dochter, zei hij, wat ben je mager.

Ik wist niet hoe laat het was, welk seizoen het was. De lucht was koud en rook naar de winter, of misschien was het alleen maar een winterse nacht.

Ik vertelde papa dat je dood was, dat ik je schedel had gevonden. Hij stak zijn hand op en zei: Rust eerst uit. Vertel het me allemaal later maar. Wanneer je uitgerust bent.

Wat hij bedoelde was: vertel me niet meer.

Ik keek naar de langer wordende schaduwen op de muren van mijn kinderkamer en vroeg me af hoe het zo ver met me gekomen kon zijn.

Berthe kwam, ging op de rand van mijn smalle bed zitten en spreidde uitnodigend haar armen, en ik barstte in tranen uit. Ze rook naar harszeep. Ze zei: *Mon p'tit chou*, wat hebben ze je aangedaan?

Mijn vader nodigde gasten uit. Mijn vreemdheid joeg hem angst aan. Ik zat met een gerafeld donsdekbed om me heen op de oude stoel naast de lamp met de geschilferde kap. Charlotte kwam met haar drie kinderen en aarzelde alsof ze me niet kende. Haar kinderen staarden me met grote ogen aan, kibbelden over kleuren, braken een rood krijtje, huilden daarom en vulden de ruimte tussen lijntjes op. Charlotte deed haar uiterste best om mijn stilte op te vullen, maar ik kon haar gepraat niet verdragen. Toen ze vroeg: Wat ga je nu doen? stuurde ik hen allemaal weg.

Nadat ik je had verloren, ontwikkelde zich onder het doffe gedreun in mijn hoofd één duidelijke gedachte: niemand kan me helpen. Wanhoop is een ongezien leven. Degenen die jou vermoordden kwamen en gingen en vervolgden hun normale bezigheden, terwijl mijn vertrouwen in de wereld verwoest was.

Niemand zal je ooit zien, jij die nog steeds naast me slaapt, zonder iets nodig te hebben.

Ik bezocht kantoren; schone kantoren, goed verlichte kantoren, waar mannen in pak in en uit liepen, aktetassen opendeden, zich aan me voorstelden, documenten raadpleegden, en in alle toonaarden herhaalden: We komen niet in verweer tegen de wetten van een ander land, er is altijd een reeks van douanemaatregelen voor een stoffelijk overschot, hoe komt u erbij dat een buitenlands staatsburger zomaar overal een niet-geïdentificeerde schedel kan opeisen?

Tijdens ons gesprek beantwoordde de advocaat de telefoon in het Frans en Pools, talen die hij net zo vloeiend sprak als het Engels. Hij gebaarde naar een stapel dossiers op zijn rommelige bureau. Hij zei: Ik heb cliënten die al jaren zonder proces in de gevangenis zitten. Hij sloeg met een vuist op een handpalm, stond op, liep naar de hoek van zijn kantoor, keek uit over de rivier en zei: U boft dat ze u hebben uitgezet. Voor hetzelfde geld was u de gevangenis niet meer uit gekomen.

Ik zei: Ik heb geen misdaad begaan. Ze hebben me vastgehouden zonder dat ik ergens van beschuldigd ben. Lijken worden er niet begraven. Er raken voortdurend mensen vermist. Kunt u me helpen teruggaan om zijn schedel te halen?

U bent een koppig type, zei hij.

Ik zei: De ergste vernedering is dat ze me hebben uitgezet. Ze dachten: laat haar maar gaan, als ze eenmaal weg is kan het niemand meer schelen.

Mensen zoals u veroorzaken moeilijkheden als ze in de gevangenis zitten, zei hij. Mij kan het wel schelen, maar ik weet niet wat ik verder voor u kan doen.

Het gezag van een regering houdt op bij de huid van zijn

burgers. Overal is men op zoek naar zijn vermisten. We zien de vrouwen van de pleinen. We zien vrouwen aan de rand van een graf staan. We horen de waardige smeekbede: Kan niemand me zelfs maar een bot bezorgen dat ik kan begraven?

Het is inmiddels zo makkelijk te zien. Beelden in de lucht die we inademen. Iedereen weet wat er aan de hand is.

De vraag die me bekruipt als ratten 's nachts in een gevangeniscel, is deze: als we het eenmaal weten, wat doen we dan?

Dit weet ik: je komt telkens weer bij me terug.

Dertig jaar lang heeft het stilzwijgen me van binnenuit gewurgd en ik pik tegen de schaal in een poging die te breken, in een poging geboren te worden zonder te verdrinken. Stilzwijgen. Een misdaad. Ik heb precies gedaan wat ze wilden: ik ben doorgegaan met mijn leven alsof er niets was gebeurd. Maar borng samlanh, ook jij deed precies wat ze wilden: je maakte jezelf kwetsbaar genoeg om te sterven. Ik ben zo lang gekweld geweest door schaamte. Ik heb als van buitenaf toegekeken hoe ik leefde, hoe ik deed alsof ik in leven was. Ik probeerde te leven, ik werkte, trouwde, baarde twee zonen. Mijn man ging bij me weg, zei dat het een vergissing was geweest, zei dat ik afstandelijk was. Ik voedde mijn twee zonen op, kookte 's zondags voor mijn vader. Ik heb nooit verteld wat me daar is overkomen, niet alles. Papa had me naar zijn beste vermogen lief. Hij nam mijn zonen mee uit vissen in de Gatineau. Dan stond ik bij de deur en keek toe terwijl ze in zijn auto stapten, alle drie met hun vispet op. Nu weet ik hoe beangstigend het is om een kind te zien weggaan. Toen ik zestien was wilde ik zielsgraag het huis uit, en toen mijn zonen weg wilden, wilde ik zielsgraag dat ze bleven. Dat is het geniale van: *want zo lief heeft hij de wereld gehad, dat hij zijn eniggeboren zoon gegeven heeft.* Mijn vader zag wie hij dacht dat ik was voor zijn ogen verdwijnen. Hij heeft het nooit kunnen opbrengen te vragen wie ik ben geworden. En ik heb het hem niet verteld.

Ik heb jarenlang geweigerd Will te ontmoeten als hij op doorreis in Montreal was, maar op een dag kwam ik hem toevallig op St. Laurent tegen. Ik herkende hem toen ik hem een rugzakje van de ene naar de andere schouder zag verplaatsen. De groeven in zijn wangen waren dieper geworden. De muizen van zijn handen waren rood. Het heldere licht in zijn ogen was niet aangetast door een leven van te veel alcohol en nicotine, jetlag, en de arbeid die het vergde om de vermisten uit hun graf te bevrijden.

Hij zei: Je ziet er goed uit. Jij verandert nooit. Wil je iets drinken?

Will maakte me altijd aan het lachen. Mijn haar is dun. De aderen op de rug van mijn handen zijn knoestig. Will had een man gevonden die zijn plastic tassen vol met naar de dood stinkende werkkleren wilde uitpakken, die wilde leven met de afgehakte ledematen in zijn dromen. We praatten over werk en mislukte huwelijken, mijn kinderen, zijn geliefde. Hij sloeg zijn eerste biertje snel achterover, schonk een tweede in en zei: Waarom wilde je me niet ontmoeten?

Ik liet mijn blik door de straat glijden. Ben je gelukkig?

Will lachte. Geluk is niet zo belangrijk.

Ik herinnerde me hoe graag ik hem ooit had gemogen.

We zaten zwijgend bij elkaar, verdiept in onze herinneringen, en hij zei: Je houdt nog steeds van hem, hè?

Ik keek hem in de ogen en moest mijn blik afwenden. Even later zei ik: Mijn vader is vorige week gestorven toen hij naar zijn werk liep. Een hersenaneurysma.

Will legde zijn gevlekte hand op de mijne.

In het ziekenhuis vroeg ik een kom warm water, zeep en schone handdoeken, en daarna waste ik mijn vaders lichaam. Hij had een blauwe plek op zijn wang als gevolg van de val. Ik had zijn geslachtsdelen nog nooit gezien. Het dunne, grijze haar. Ik had zijn voeten nog nooit aangeraakt. Hij was een zedig mens. Ik had sinds ik klein was zijn gezicht niet meer gestreeld. Ik was dol geweest op zijn ogen, zijn handen, de levervlekken van de ouderdom. Ik waste de spieren van zijn onderarmen. Hij stierf terwijl hij onderweg was naar het ziekenhuis om te werken aan een been waarmee hij een jongetje kon helpen rennen. Onder het wassen had ik graag tegen iemand willen zeggen: Kijk. Kijk, hij had kundige handen. Ik bedekte hem met een schoon laken, vertrok naar zijn appartement, zocht zijn netste kleren op, en ging naar het uitvaartcentrum om hem aan te kleden. Zijn lichaam was zo koud. Het vergt kracht om de zware ledematen van de doden te bewegen. De begrafenisondernemer zei: U hoeft dit niet te doen.

Ik bleef de hele nacht bij zijn lichaam zitten. De directeur van het uitvaartcentrum zei: U hoeft niet te blijven.

Ik vergezelde zijn lichaam naar het crematorium, zag de zware deuren opengaan en keek toe hoe hij deze laatste keer zonder zijn gebruikelijke verlegen glimlach verdween. Het sloeg een krater in me, hol, weergalmend, gevoelloos, dor, gapend. Ik ondertekende documenten, ontving zijn as en begroef die. Het duurde alles bij elkaar drie dagen.

Will zei: Weet je dat zelfs het botweefsel tot ontbinding overgaat als een infectie ernstig genoeg wordt? De huid zwelt op en het bot verweekt en valt in moes uiteen.

Hij pakte zijn glas op, nam nog een slok en zei: Doe om liefdes wil je verhaal, voordat er niets meer over is.

75

Ik herinner me hoe je gebogen over de twee snaren van je chapei speelde voor een meisje met lang krullend haar. Ik heb twee fotootjes van jou en mij die in de fotoautomaat op het station bij de kerk zijn genomen. Cassetteopnames van je stem. Verder niets.

Ik ben vertrouwd geraakt met het geweld van het verzwegen leven.

Onlangs heb ik tien uur lang naar een beeldscherm zitten kijken, zonder in te dutten. Alle personen die in de Tuol Sleng-gevangenis zijn gefotografeerd en gedood werden vertoond, vijfduizend foto's, die elk vijf seconden in beeld blijven voordat ze langzaam zwart worden. Toen ik die nacht mijn ogen dichtdeed zag ik nabeelden van ogen en van de vreemde, verwrongen houding die de schouders en hals aannemen wanneer de armen op de rug zijn vastgebonden. Bovendien hoorde ik jouw stem.

Mijn collega's kletsen onder elkaar: Heeft ze geen fantastisch leven gehad? Die reizen die ze in haar jonge jaren heeft gemaakt, waar naartoe ook weer? Vietnam? Thailand? Ergens in die contreien. En dan heeft ze nog twee zonen, een gave om talen te doceren, en haar schrijfhuisje bij de rivier in de Gatineau. Ze zegt dat ze schrijft, maar ze publiceert nooit iets.

Luchtig gelach.

Haar huwelijk heeft niet standgehouden, maar wiens huwelijk tegenwoordig wel?

Opnieuw luchtig gelach.

Ze schijnt nooit om vrienden verlegen te zitten.

Heb je het gehoord? Haar vader is pas overleden.

Die moet dan behoorlijk oud zijn geweest.

N'importe! Het is altijd ingrijpend, hoe oud iemand ook is.

Ja, maar toch.

Alleen ik kan je nu nog zien. Kaarsen op de rivier. Ik wachtte op je, en een poosje was dat voldoende. Maar je kwam niet bij me terug. Toen het tijd was, wist ik de weg naar jou, en wist ik waar je zou zijn. Je gaf me in een blad gewikkelde bloemknoppen en we luisterden naar muziek, en toen we langs de rivier wandelden veranderde die van richting en stroomde terug naar waar hij ontsprong.

Ik luister niet naar de muziek van vroeger, die bijna vergeten klanken van de jonge Khmer-muzikanten die zo snel als
ze konden schrijven hun muziek opnamen, alles live vastleg-
den. Van de muzikanten met wie je bevriend was is er niet
één in leven gebleven. Allemaal zijn ze op straat voor de
honden achtergelaten of in massagraven gekwakt. Bij het
zien van de schedels in Choeung Ek heb ik me ooit afgevraagd of ik misschien naar een bot keek waaruit die van
hoop vervulde muziek afkomstig was.

Nu, borng samlanh, zie ik in de spiegel een vrouw op rij-
pere leeftijd. Ik heb de tijd gedood sinds de dag dat ik je verloor. Een leven lang zwijgend de schijn ophouden.

Als we lang genoeg leven, moeten we ons verhaal wel
doen, anders verstenen we vanbinnen. Ik probeer je uit de
krochten van mijn hart te bevrijden, maar jij, niet begraven
en niet gezegend, houdt me gevangen.

Ik verlang naar de streling van je vingers op mijn huid. Ik
verlang naar het licht van je ogen. Als ik bid, bid ik tot een
gewonde god. Uiteindelijk zijn het alleen de gewonden die
zich handhaven. In Cambodja zegt men: Het verlies behoort aan God toe, de overwinning aan de duivel.

Je komt telkens weer bij me terug, in flarden van bewegende beelden, licht op een wintermuur. Kom naar de deur, geest die ik ken, dan zal ik opstaan en je omhelzen. Kom nog één keer tot leven, laat me je adem voelen, Serey, laat me je zingende stem horen, laat me de pijn wegvagen. Kom, dan zal ik je nog één keer je naam toefluisteren.

Deze roman speelt zich af tijdens de genocide in Cambodja (1975-1979) als gevolg waarvan twee miljoen mensen het leven lieten, tijdens de Vietnamese bezetting (1979-1989), en tijdens het overgangsgezag van de Verenigde Naties, die tot taak had toezicht te houden op de Cambodjaanse regering en de voorwaarden te scheppen voor de eerste democratische verkiezingen, in 1993. Nog steeds worden degenen die oppositie voeren tegen de regering gedood.

Voor dit verzonnen verhaal is het geschiedkundige verloop gecomprimeerd.

DANKBETUIGING

Mijn studie van de genocide en waarheidscommissies in Cambodja en andere landen, en van de overpeinzingen van overlevenden en daders, is met de verhaalstof verweven. De verantwoordelijkheid voor dit verhaal berust echter bij mij, en alle verwijzingen naar de bespiegelingen van andere schrijvers en naar getuigenverslagen zijn hier omgezet in het soort waarheid dat verkondigd wordt in fictie.

Ik ben ondersteund door een McGeachy Beurs van de United Church of Canada, waarvoor ik zeer erkentelijk ben.

Ik heb zeer veel gehad aan het werk van Youk Chaang van het Documentatiecentrum van Cambodja (DC-Cam). Ook ben ik met name dank verschuldigd aan Brad Adams en Human Rights Watch, en aan Mark Gergis voor zijn muziekverzameling. Zeer nuttig was het artikel 'A Tragedy of No Importance' van Rich Garella en Eric Pape. Ook bijzonder bedankt: Kathy Gruspier voor gesprekken en aantekeningen uit de praktijk van het team van de lijkschouwer van Ontario; Kim Kieran voor haar (ongepubliceerde) dagboeken; Sonia Tahieri, Ton Paeng en Robert Fiala voor foto's en uiterst genereuze adviezen, en Craig Etcheson. Verder heb ik dankbaar geput uit onderzoek van DC-Cam, het rapport 'Documentation Center of Cambodia Forensic Project' en de databases betreffende de Cambodjaanse genocide van Yale University.

Van de vele boeken over Cambodja wil ik met name noemen: *A Cambodian Prison Portrait: One Year in the Khmer*

Rouge's S-21, van Vann Nath, en verder diens kunst en opmerkelijke geest; *Children of Cambodia's Killing Fields* van Dith Pran; *Voices from S-21: Terror and History in Pol Pot's Secret Prison* van David Chandler; *After the Killing Fields: Lessons from the Cambodian Genocide* van Craig Etcheson; *Cambodia at War* van Human Rights Watch/Asia, en *Cambodia: Year Zero* van François Ponchaud. Ik heb 'Grandmother of Fertilizer' van Sophearith Chuong (DC-Cam), gebruikt als bron voor het verzonnen verhaal van Chan op bladzijde 109. Verder wil ik Ralph Lemkin bedanken, die het woord 'genocide' heeft bedacht, en de bron was van het citaat op bladzijde 178 ('Als er honderdvijftig kilometer verderop vrouwen, kinderen en oude mensen vermoord werden...'). Ik heb geput uit de door Vann Nath en regisseur Rithy Pan tot stand gebrachte film *The Khmer Rouge Killing Machine* voor uitspraken van voormalige gevangenisbewaarders in Tuol Sleng op bladzijde 138, 139.

Lezers die van Buddy Guy, Etta James en *Antigone* van Sophocles houden, zullen wellicht hier en daar echo's horen van hun songs en poëzie. 'De waarheid is zo oud als God en zal zich even lang handhaven als Hij, een eeuwig samenzijn' op bladzijde 73 is van Emily Dickinson. Ik heb gezinspeeld op het gedachtegoed van Jean Améry in *Schuld en boete voorbij*. Ik geloof dat het Hannah Arendt was die als eerste heeft gezegd: 'Het gezag van een regering houdt op bij de huid van zijn burgers' (bladzijde 224, 225), en Simone Weil schreef over de *Ilias*: 'Geweld reduceert degene die eraan onderworpen wordt tot een ding' (bladzijde 42). Tzvetan Todorov schreef in *Facing the Extreme: Moral Life in the Concentration Camps*: 'Er is echter niet noodzakelijkerwijs een verband tussen de manier waarop we over het verleden vertellen en de manier waarop we het gebruiken; dat het onze morele plicht is om het verleden te reconstrueren wil niet zeggen dat de manier waarop we het gebruiken in alle gevallen even legitiem is.'

Anderen die ik zou willen bedanken zijn Lin Chear, Debby deGroot, Shaun Oakey, David Ross, Elizabeth Schmitz, Sally Reardon, Cheryl Carter, Paulette Blanchette, Anne Simpson, Alex Levin, Barbara Jackman, Janice Blackburn, Peter Jacobsen, Rory Cummings, The Very Reverend Bruce McLeod, wijlen dr. en mevrouw N.K. Campbell, Ian Small, Michelle Oser, Linda Gaboriau en het Banff Centre for the Arts, Monica Pereschi, Josephine Rijnaarts, Manfred Allie, het Khmer Buddhist Centre in Ontario, Leslie en Alan Nickell, Adam en Ann Winterton, Madeleine Echlin, Paul Echlin, Randy en Ann Echlin, Mark en Joanne Echlin.

Ross Upshur, hartelijk dank voor je visies en bereidheid tot discussie, en het feit dat je er dag in dag uit voor me was terwijl ik dit schreef. Olivia en Sara Upshur, dank voor de dagelijkse vreugde die jullie brengen.

Ik wil in het bijzonder Sandra Campbell bedanken voor haar uiterst waardevolle kritiek en inspiratie door de jaren heen. Je hebt dit verhaal telkens weer in een ander licht gezien.

David Davidar en Nicole Winstanley, bedankt voor jullie talent, redactionele verbeelding en bereidheid om risico's te nemen. Jullie zijn ware putspringers.

Ten slotte wil ik een vrouw bedanken van wie ik de naam nooit heb gekend. Op een markt in Phnom Penh verbrak je de stilte en vroeg je me samen met jou te herdenken.

Ik verbeeld me een wereld die ons allen zou kunnen vergeven.